KB038201

龍帝劍傳

용제검전

윤민호 신무협 장편소설

ORIENTAL FANTASY STORY & ADVENTURE

★
dream
books
드림북스

용제검전 6

초판 1쇄 인쇄 2016년 11월 17일
초판 1쇄 발행 2016년 11월 28일

지은이 윤민호
발행인 오영배
기획 박성인
책임편집 이대용
일러스트 이지선
표지·본문 디자인 권지연
제작 조하늬

펴낸곳 (주)삼양출판사 · 드림북스
주소 서울시 강북구 도봉로 173
대표 전화 02-980-2112 **팩스** 02-983-0660
편집부 전화 02-980-2116 **팩스** 02-983-8201
블로그 blog.naver.com/dreambookss
출판등록 1999년 3월 11일 제9-00046호

ⓒ 윤민호, 2016

ISBN 979-11-313-0572-0 (04810) / 979-11-313-0566-9 (세트)

드림북스는 (주)삼양출판사의 판타지 · 무협 문학 브랜드입니다.

목차

第一章
과거와 현재

　표필을 비롯한 평제자 일동은 믿을 수 없다는 표정으로 무시무시한 기도를 발산하는 관궁의 우수에 들린 검을 주시했다.

　'교…… 교관님의 신물이라고? 저 검이……?'

　강호에 몸담은 사람치고 과거 관궁이 보유했던 검을 모르는 사람은 아마 아무도 없을 것이었다.

　통칭, 광속신황검(光束神皇劍).

　사종검황이란 별호와 더불어 천하에 명성을 떨친, 장구한 무림 역사를 통틀어 손꼽히는 명검 중의 명검. 아니, 신검이라 불러야 마땅할 희대의 보검.

광속신황검의 칼날은 만년한철만큼 희귀하다는 백철로 이뤄졌는데, 제작자는 다름 아닌 이백여 년 전 강호 최고의 장인이라 불린 천강철장(天罡鐵匠) 영호성(슈狐聖)이었다.

과거 그는 무려 삼 년이 넘는 기간 동안 자신의 내공까지 쏟아 부으며 백철을 제련했고, 마침내 생애 역작이라 할 수 있는 검 한 자루를 탄생시켰다.

하나 정작 자신은 그 칼을 사용할 생각이 없었다.

주인은 따로 있었다. 아니, 따로 주고자 하는 사람이 있었다.

바로 당시의 휘광검문 문주.

절륜한 쾌검술로 강호를 평정한 최고수이자 황의 칭호를 얻은 관궁이었다.

영호성은 홀로 휘광검문을 방문해 그 칼을 관궁한테 건넸다. 물론 관궁도 그런 영호성의 성의를 마다하지 않았다.

그로부터 몇 달 지나지 않아 영호성과 관궁 사이의 일은 사람들 입을 통해 중원 전역으로 퍼져 나가며 하나의 충격적인 사건으로 기록되었다.

애초 영호성은 사파가 아닌 정파 소속의, 그것도 심지어 하남성 여남의 오랜 명문 무가로 이름을 날린 영호세가(슈狐世家)의 가주였기 때문이다.

파장은 컸다.

각지의 정파 세력은 저자세를 보인 영호세가를 성토하는 목소리가 빗발쳤고, 또 사파는 사파대로 휘광검문이 정파와 손을 잡은 것 아니냐는 우려의 목소리를 냈으니까.

  결국 관궁과 영호성은 전 무림을 상대로 공표했다.

  —영호세가와 휘광검문 사이엔 어떤 밀약도 없다. 만약 다른 저의가 있다고 의심되거든 언제든지 본 문의 문을 두드려라. 본좌가 친히 그 의심을 씻겨 없애 줄 터이니.

  —나는 굴종의 뜻으로 칼을 가져다 바친 것이 아니다. 이는 일가의 수장이 아닌 한 명의 순수한 무인으로서 압도적인 무력을 가진 상대를 인정한다는 존경의 의미일 뿐이다. 그래도 정 못 미덥다면 본 가는 앞으로 정파란 테두리를 떠나 독자적인 노선을 걸으리라.

  그렇게 일련의 소요는 가까스로 진정되었고, 그때부터 영호성이 만들어 준 검은 관궁과 휘광검문의 위상을 대변하는 신물로 자리매김했다.

  이후 관궁은 여든 살이 되었을 때 자신의 적전제자를 차대 문주로 임명하고 광속신황검을 건넨 다음 중원 대륙을 등지고 사라졌다.

하나 안타깝지만 휘광검문의 위명은 그리 오래가지 않았다.

불과 십 년 남짓…….

그러곤 거짓말처럼 몰락해 버렸다.

이대 문주인 사도검성(邪道劍聖) 승무(昇武)는 비록 스승 관궁의 후광을 입긴 했지만 결코 일신의 재능이 부족한 자가 아니었다.

비록 '황'의 그것에 미칠 바는 아니나 '검성' 역시도 아무나 가질 수 없는 칭호였다.

검성은 글자 그대로 천하에 존재하는 검수들 중 최고임을 뜻하는 별호였으니까.

하기야 그 전에 이미 천하제일인 관궁의 선택을 받았다는 사실만으로도 무의 재능은 충분히 검증된 셈이었다.

관궁의 은퇴로 말미암아 절대자가 사라진 무림은 혼돈의 시대를 맞았는데, 승무는 광속능천검식을 앞세운 활약으로 사도검성이라 불리며 당해 최고수들 중 한 명으로 명성을 떨쳤다. 더불어 휘광검문의 위세도 관궁 시절과 비교해 전혀 흔들림이 없었다.

그런 휘광검문이 어느 날 갑자기 폐문하고 만 것이다.

문주 승무를 비롯한 모든 사람이 마치 하루아침에 가루로 화해 사라져 버린 듯 종적을 감추면서…….

사파 쪽은 혹시 정파 소행이 아닐까 싶어 은밀히 조사를 벌였지만 아무런 소득이 없었다.

끝내 휘광검문과 관련한 사건은 온갖 의문점만 잔뜩 남긴 채 중인의 뇌리로부터 점차 멀어지게 됐고, 작금에 이르러선 새삼 그 일을 들추는 사람이 전무했다.

한데 지금, 휘광검문의 불가해한 폐문과 연관이 있으리라고 짐작되는 인물이 나타났다.

광선검존.

그가 광속신황검을 소유하고 있었다는 것은 예의 사건과 어떤 식으로든 깊이 연관되어 있다는 뜻이나 다름없었다.

관궁이 기공할 기운을 내뿜으며 분노하는 것도 그 때문이다.

"이 칼을 어떻게 가지게 된 것이냐?"

귓전에 와 닿는 살기 어린 목소리에 광선검존은 절단된 손목을 움킨 채 가까스로 입을 열었다.

"끄흐…… 끄흐윽…… 네가…… 천하의 사황이라 하더라도…… 날 통해 알 수 있는 건…… 아무것도 없을 것이야."

"그래?"

관궁의 눈썹이 꿈틀 움직인 찰나.

써걱!

츄하아악……

광선검존의 다른 한쪽 손목도 반듯이 절단되며 시뻘건 핏물을 마구 뿜었다.

"끄아악, 끄아아악!"

그 광경을 본 평제자 일동은 온몸에 소름이 돋으며 어깨를 움츠렸다.

'웃, 끔찍하다!'

진천당가 일행의 반응도 별반 다르지 않았다.

이내 관궁이 일신의 내공을 한 단계 위로 이끌어 내자.

웅웅웅웅웅!

광속신황검이 본 주인의 의지에 응하듯 세찬 떨림을 발했다.

그와 동시에 일대 지면이 지진이라도 난 것처럼 맹렬히 흔들렸고 주변에 있던 바위와 고목이 조각조각 부서져 허공을 어지러이 수놓았다.

쿠궁, 쿠구궁—

한층 강해진 내기의 압력.

무형지기에 억눌려 강제로 부복한 검수들 머리통이 재차 퍽, 퍽! 소리를 내며 터져 나갔다.

그렇게 순식간에 일백여 명이 무참한 꼴로 즉사하고 말았다.

하나 관궁은 거기에서 그치지 않았다.

"단순히 신검을 얻었다고 해서 그 숨은 묘용과 신력까지 자신의 것이 될 줄 알았더냐."

광속신황검이 움직인다.

횡으로.

슈아아아아아아아아앗!

대기를 찢어발기는 요란한 파공음.

극속, 극력의 검기 앞에 새외 검수 일백여 명이 그대로 가루로 화해 공기 중으로 흩어졌다.

아예 처음부터 존재하지 않은 것처럼 눈 깜빡할 사이에 말끔히 지워져 버렸다. 살도, 뼈도, 심지어 손에 쥐고 있던 병기도 모두…… 남은 것이라곤 바닥에 흥건한 선혈만이 전부였다.

순간 표필은 척추를 엄습하는 저릿한 전율을 느끼며 머리털이 쭈뼛 섰다. 아니, 그를 포함한 금라대 출신 전원이 그랬다.

'저, 저것은 분명……?'

그때랑 똑같다!

그들 뇌리를 스쳐 지나가는 기억.

그것은 바로 예전 검무영이 금라무원을 방문해 위천앙 패거리를 상대로 펼쳤던 미증유의 검초였다.

물론 직접 손을 쓰는 것은 보지 못했지만 당시 사람이며 칼이며 모조리 사라지고 없고, 바닥에 핏물만 고여 있는 것이 지금 관궁이 만들어 낸 광경과 완전히 동일했다.

문득 당효악의 눈동자가 작은 흔들림을 자아냈다.

'저것이…… 두 번의 반로환동을 이룬 사황의 힘인가!'

솔직히 긴 세월이 흐른 만큼 옛 무림과 현 무림의 무력 격차는 분명 클 것이라고 여겼다.

상대가 제아무리 '황'의 칭호를 얻었다고 한들 말이다.

암만 강하다고 해도 자신과 똑같은 존자 반열의 수준이라 생각했다.

한데…….

관궁의 기도를 접하자 그 판단이 틀렸음을 깨달았다.

'만약 나라면…….'

싸워 이길 수 있을까?

아니다.

호승심과 별개로 선뜻 확신이 서지 않았다.

어쩌면 존자 반열 내에서 가장 강하다는 네 명이 나선다고 해도 관궁을 쉽사리 제압하기 힘들 듯싶다는 생각이 들었다.

그럴 정도로 방금 관궁이 시전했던 일검은 경이로움 그 자체였다.

다시금 열리는 관궁의 입술.

"광속신황검을 다루기 위해선 본좌가 남긴 내공 심법의 최종 심결을 극성으로 터득해야 한다. 안 그러면 그 힘을 제대로 발휘할 수 없지."

경악스럽게도.

쿠구구구구구구구…….

대기가 요동치며 무형지기의 육중한 압력이 재차 공간을 짓누르고 든다.

내공을 또 한 단계 높이 끌어 올린 것이다.

어지간한 당효악도 이번만큼은 근엄한 얼굴 위로 스미는 경악의 빛을 감추지 못했다.

물론 주변의 다른 사람은 말할 것도 없었다. 다들 입을 쩍 벌리고서 넋이 나간 표정을 짓기 바빴다.

'사람이 아니야!'

그것은 적도 마찬가지.

전신의 신경과 혈류가 일순간 싸늘히 굳어 버리는 느낌이었다.

저자는 단전의 한계 따윈 없는 것일까? 설마 기해혈이 무한대로 팽창하는 걸까? 저 작은 몸에 어찌 이토록 거대한 기운을 품고 있을 수 있을까?

네 명의 검존을 포함한 적의 머릿속엔 의문과 공포만이

가득 들어찼다.

관궁이 더없이 싸늘한 음성을 흘렸다.

"잘 봐 둬라. 이것이 바로 광속신황검의 진짜 신력이니라."

번개처럼 휘둘러지는 검날.

그로부터 방대한 빛살의 검기가 뿜어져 나와 우편에 자리한 괴상검존과 수백 명의 검수를 단번에 쓸어 없앴다.

쩌어어어어억— 파아아아아아앗—!

그리고 그 방향 선상에 자리한 사물 전부가 반듯하게 잘려 나가며 일대에 어마어마한 굉음의 메아리를 퍼뜨렸다.

꾸구구구구궁, 콰콰쾅, 콰콰콰콰쾅, 퍼버버버벙…….

얼마나 막대한 위력의 검기인지 저 멀리 일백 장 밖에 위치한 작은 산봉마저 요란한 떨림을 자아냈고, 일대 숲 속의 새 수천 마리가 세차게 날아올라 천공에 새까만 그물을 그렸다.

관궁이 돌연 고개를 뒤돌리더니.

"나머지는 네게 맡기지."

당효악을 향한 말이었다.

"알겠습니다."

그의 대답이 끝나기가 무섭게 관궁이 좌수를 놀려 광선검존의 목을 턱! 잡더니 지면을 박찼다.

쾅!

그렇게 관궁은 허공을 격해 어두운 동굴 속으로 들어 모습을 감췄다.

사위를 짓누르던 기의 압력이 걷힌 직후.

두 눈을 사납게 번뜩인 당효악이 내공을 운용하며 명령했다.

"전원, 적을 섬멸하라!"

"예, 가주!"

진천당가 소속 무인들 모두 입을 모아 우렁차게 대답하며 일제히 공력을 이끌어 냈다.

표필을 비롯한 평제자들 역시 칼을 강하게 움키며 임전태세에 돌입했다.

그때 한 평제자가 말하길.

"저기, 우린 누구 명령을 따라야 하지? 교관님이 안 계신데……."

찰나 자그마한 그림자가 평제자들 앞에 다가와 짧게 외쳤다.

"멍!"

선두로 나선 개새가 꼬리를 좌우로 쌀랑거리며 재차 짖는다.

"멍, 멍!"

그에 평제자 일동은 저마다 난감한 표정을 지었다.

'뭐지? 다 같이 진격하라는 건가?'

홍청, 망청이 이내 개새를 엄호하듯 그 좌우에 자리하더니 죽창으로 바닥을 세게 탁탁! 쳤다.

"우어!"

"흐어엉!"

멍청한 사람 새끼들, 닥치고 그냥 칼이나 휘둘러! 라며 꾸짖는 듯한 태도.

평제자들 중 한 명이 외치듯 말했다.

"에라, 모르겠다! 작전이고 나발이고 간에 일단 조교님을 따라 싸우고 보자고!"

고개를 주억인 표필이 그 말을 받으며.

"자, 다들 조교님을 중심으로 대오를 맞춰 찌르기를 구사하도록! 실전을 가장한 현장 체험 학습, 그렇게 생각하면 긴장감이 덜할 거다!"

누구보다 실전 경험이 풍부한 그의 격려에 다들 칼자루를 쥔 손에 힘을 주며 전의를 불태웠다.

"오옷! 좋아, 시작하자!"

"그래, 조교님만 굳게 믿고!"

개새가 그런 반응을 원했다는 것처럼 멍! 하고 짖더니 냅다 땅을 박찼다.

파학!

흙바닥이 깊게 파임과 동시에 화살처럼 핑! 쏘아져 나아가는 체구.

쾌속의 궁신탄영이다.

퍼퍼퍼퍽, 퍼퍼퍼퍼퍽—!

개새는 그대로 전방의 새외 검수 십여 명의 아랫배를 일렬로 관통해 무참히 죽여 버렸다.

금강불괴지체의 놀라운 위력 앞에 주변의 적이 질겁한 얼굴로 뒷걸음질 치려는 찰나.

홍청, 망청이 진각을 쿵! 밟자 가공할 무형지기가 땅을 쪼개며 나아가 새외 검수 이십여 명을 일 장 허공 위로 띄워 올렸다.

"어억!"

"우아앗!"

몸을 제대로 가누지 못하는 검수들. 그리고 곧장 이어지는 홍청, 망청의 공세.

두 자루의 푸른 죽창이 허공에 뜬 적을 노려 내질러지며 나선 형태의 기를 발출한다.

콰콰콰, 콰콰콰콰……!

회오리처럼 치솟은 기류에 휩쓸린 그들 모두 온몸이 잘게 분쇄되어 허공중으로 시뻘건 핏방울을 흩뿌렸다.

회선창쇄기(回旋槍碎氣).

강호 역사상 가장 악랄한 창법이라는 천옥창후 주려화의 진전 천옥혈무창법(天獄血舞槍法)의 초식이 긴 세월을 격해 재현되었다.

"세, 세상에……."

"정말…… 어마어마하다."

평제자들 모두 낮게 감탄하는 터뜨리는 가운데 핏물을 흠뻑 뒤집어쓴 개새가 코를 팽! 풀곤 냉큼 고개를 좌측으로 돌렸다.

눈길을 마주한 수십 명이 적이 본능적으로 목을 움츠렸다.

그때.

강맹한 기운이 어린 칼날이 개새의 머리 위로 뚝 떨어져 내렸다.

쐐애애애애액―!

청색 검기를 머금은 종단의 일초.

맹렬히 직하한 검날은 정확히 개새의 이마 정중앙을 두들겼다.

쩌어어어엉!

한 줄기 따가운 쇳소리가 터진 직후.

개새가 고개를 쳐들며 자신의 머리를 공격한 상대를 초

롱초롱한 눈알로 빤히 바라보았다.

창궁검존의 심복인 창파검자(蒼波劍子).

'이, 이게 무슨……!'

무려 팔 할 공력이 실린 검기를 정면으로 맞고도 멀쩡한 개새의 모습에 창파검자의 동공이 커다란 파문을 일으켰다.

"으르릉."

개새가 송곳니를 드러내기가 무섭게 창파검자의 칼날이 쩌저적! 소리를 내며 잘게 부서졌다.

동시에 주변의 검수 무리의 낯빛이 새하얗게 탈색되었다.

'헉! 보검이 깨지다니……!'

뒷발에 힘을 실어 도약한 개새가 앞발로 창파검자의 귀싸대기를 퍽! 때리자 그의 신형이 저 멀리 오 장 밖으로 날아가 걸레짝처럼 나부라졌다.

즉사였다.

흥청, 망청도 질세라 죽창을 휘둘러 적 십여 명을 단숨에 죽여 버리곤 괴성을 내질렀다.

"커헝, 컹!"

"우엉, 우어엉!"

그때부터 세 영물은 무차별적인 공격을 퍼부으며 빠른

속도로 시신을 쌓아 나갔다.

"윽!"

"끄아악!"

"커헉!"

호기롭게 뒤를 따르던 평제자 일동은 이내 신형을 멈춰 세우곤 멍한 얼굴로 개새와 홍청, 망청의 활약상을 눈에 담았다.

그러다가 문득 중얼거리기를.

"저, 저러면 우리가 달리 거들 게 없잖아."

"하아…… 뭣 하러 예까지 온 걸까?"

주된 목적은 현장 체험 학습인데, 이건 뭐 구경만 하다가 끝나게 생겼다.

순간 그들 뇌리로 똑같이 떠오르는 생각 하나.

'좆됐다! 나중에 교두님껜 뭐라고 보고하지?'

그런 평제자들 모두 눈빛을 교환하며 한마음으로 뭉쳤다.

교관님과 조교님이 알아서 책임을 지시겠지, 라고…….

한편 진천당가 원정대도 저마다 큰 활약을 펼쳐 보이는 중이었다.

당문천무대는 팔대 중 최고의 전력답게 강력한 합격진을 구사했고, 당문천녀대는 그들 뒤를 보조해 싸웠으며, 당문신보대는 장기인 경공술을 앞세워 상대 진영의 측면을 교란시켰다. 그리고 당문암룡대, 당문독무대는 서로 조화를 이뤄 암기술과 독술로 새외 검수들 숨통을 끊어 놓았다.

특히 각 대를 대표하는 삼절신편 휴경, 묘장부인 단목채원, 비천일익 경렴 등은 손속에 한 치의 오차도 없었다.

각자 속성이 다른 고강한 절기를 꺼내 들며 현 진천당가의 위상이 거저 이뤄진 것이 아님을 몸소 증명하고 있었다.

가장 돋보이는 인물은 당연히 가주 당효악이었다.

창궁검존, 폭광검존과 맞선 그는 파천신군이란 별호가 가진 위엄과 진력을 가감 없이 드러냈다.

퍼버버벙, 퍼버버버버벙…….

두 검존이 연속적으로 쏜 검기들 전부 당효악의 신형 앞에 생성된 기막을 뚫지 못한 채 공기 중으로 아지랑이를 넓게 퍼뜨리며 소멸한다.

'저…… 저럴 수가……!'

창궁검존과 폭광검존은 그 견고한 방어 앞에 새삼 두려움을 느꼈다.

난적이던 관궁이 홀연 광선검존을 붙들고 동굴 안으로 사라진 까닭에 비로소 활로를 뚫을 수 있으리라 여겼는데…….

하나 또 한 명의 난적, 당효악이란 일세 거인의 무력은 철의 방패이자 장벽이었다.

창궁검존과 폭광검존이 소유한 칼은 새외 세력이자 자신들 사문인 창궁밀문(蒼穹密門)과 광랑검단(狂浪劍團)의 신물이다. 비록 광속신황검과 같은 중원을 대표하는 명검의 그것엔 미치지 못하지만, 그래도 신검이라 부르기에 손색이 없는 보검이다.

하나.

당효악은 일신의 공력만으로 두 신검을 능히 감당해 내고 있었다. 아직까지 창궁검존과 폭광검존을 상대로 능우구절편조차 휘두르지 않았다.

오직 내공 하나로 압도했다.

『이대로 가면 전멸이다!』

폭광검존의 전음에 창궁검존이 고개를 끄덕이며 화답했다.

『일단 우리 목숨부터 보존하자.』

그렇게 눈짓을 주고받은 찰나 당효악의 입이 열렸다.

"어리석구나. 도망칠 수 있으리라 여겼느냐?"

마치 상대의 속마음을 간파한 듯이.

두 검존은 창졸간 가슴이 서늘한 느낌에 몸을 살짝 떨었다.

눈동자를 번뜩인 당효악이 재차 말했다.

"나는…… 사종검황과 다르다. 단번에 죽이지 않을 것이야."

그 말은 곧 자신이 마음만 먹으면 단번에 멸해 버릴 수 있으나 손속에 사정을 두며 최대한 고통스럽게 최후를 맞이하게 만들리란 뜻이다.

"감히 본 가의 혈족에 함부로 손을 댄 대가는 그 더러운 피로써 갚으라."

쿠우우우우우우…….

당효악의 전신으로부터 어마어마한 내력이 뿜어져 나와 두 검존이 딛고 선 공간을 짓눌렀다.

"컥……!"

나란히 신음을 발한 창궁검존과 폭광검존이 몸을 크게 휘청댔다.

앞서 관궁이 발산한 것과 비교해도 전혀 모자람이 없는 가공스러운 기의 압력.

만약 극성의 내공을 이끌어 내지 않았다면 둘 다 전신의 혈맥이 터져 버리고 말았을 것이다.

'흐윽! 이, 이것은…… 뭔가 크게 잘못되었구나! 존자 반열에 오른 초인의 무력은…… 여느 신병이기의 묘용을 능가하는 초절한 수준에 도달해 있다!'

이미 늦은 깨달음.

당효악의 우수가 마침내 사납게 내뻗쳤다.

후우우우웅, 카라라라라락!

진천당가의 역사를 대변하는 초대 가주의 신물 능우구절 편이 금속성을 토하며 일 장 거리를 격하더니 갈고리처럼 두 검존의 신형을 옥죄었다.

"컥!"

"끄윽!"

귓전에 와 닿는 당효악의 무거운 음성.

"본 가의 무공은 여느 정파 무문과 다르다는 것을 잘 알고 있을 것이다."

찰나 능우구절편이 자잘한 떨림을 발하더니 푸르스름한 기류를 마구 발생시켰다.

츠츠츠츠츠……

다름 아닌 독성을 품은 기류.

여느 정파 무문이라면 금기시하는 무공이나 진천당가는 예부터 독을 사용함에 거리낌이 없었다.

창궁검존과 폭광검존은 몸을 구속당한 채 살갗을 파고드는 가공할 통증에 몸부림을 쳤다.

"끄아아아악……!"

"으아악, 으아아악……!"

전신의 신경을 바늘로 후벼 파는 듯한, 뭐라 형언하기 힘든 고통에 뇌리의 사고가 마비되었다.

지금 당효악이 펼친 것은 귀역독무기(鬼域毒霧氣).

역대 가주들 중 극성으로 익힌 자가 불과 열 명을 넘지 않는다는 극독성의 기공이다.

당효악이 두 사람의 몸을 옥죈 능우구절편을 한층 강하게 당기며 지독한 살기를 토했다.

"한껏 울부짖어라. 그 괴로움은 앞으로 반 시진 가까이 계속될 것이니……."

*   *   *

콰하앙!

두 손목이 잘린 광선검존의 신형이 어두운 동혈 벽면 위로 강하게 부딪쳤다.

"커헉!"

그렇듯 상대를 내팽개친 관궁이 이내 그 면전으로 바짝 다가서며 싸늘한 눈빛을 흘렸다.

"네 목숨을 보존할 길은 모든 일을 실토하는 것뿐이니라."

웅웅웅…….

사위가 어두운 가운데 광속신황검의 칼날이 울음을 발하

며 빛을 밝혔다.

"끄으…… 끄흐으…… 그냥…… 죽여라."

광선검존이 가까스로 목소리를 꺼낸 찰나 관궁의 우수가 빠르게 움직였다.

푸우욱, 푹, 푸욱!

뾰족한 검극이 허벅다리의 요혈을 연속적으로 찌르자 비릿한 선혈 줄기가 세차게 뿜어져 나왔다.

"으아아아아아……!"

"아무리 대가리 굴려 봐야 소용없다. 계략이란 계략을 모조리 동원하고, 온갖 지랄을 떨며 발광을 해도…… 본좌 앞에선 모든 게 무용지물이니라."

광선검존이 핏발이 선 눈으로 몸을 부들부들 떨며 입을 열었다.

"크흣…… 과연…… 그럴까?"

그러자 관궁이 발바닥으로 상대의 허벅다리를 강하게 짓눌렀다.

"으아아아, 으아아아……!"

어둠을 가르며 메아리치는 비명.

관궁의 얼굴 위로 악동 같은 미소가 떠올랐다.

"키킥, 멍청한 새끼. 진실을 말할 때까지 지옥에 갇힌 것보다 더한 고통을 맛보게 주마. 남아도는 게 시간이거든."

별안간 광선검존의 동공이 기광을 내뿜었다.

"끄윽……! 멍청한 것은…… 바로 네놈이다. 사종검황."

"얼씨구."

"과…… 과거와 현재가 혼재하는 이 강호는…… 앞으로 새롭고 거대한 질서를 맞이하게 될 것이야!"

발악하듯 외친 광선검존의 팔꿈치가 벽면을 친 순간.

꽈지지직, 꽈지지지직—!

지면이 마구 갈라져 터지며 그 틈으로 어마어마한 불길이 치솟음과 동시에 관궁의 두 눈이 급격히 확장되었다.

'이것은 탄천폭뢰(吞天暴雷)?'

쿠아아아, 쿠아아아아…… 화르르르륵, 화르르르르륵, 화르륵—!

존재하는 모든 것을 잿더미로 만들어 버릴 듯한 붉은 염화가 세차게 고개를 들며 극열의 숨결을 토한 찰나…….

광선검존은 두 눈을 감았다.

'지존, 부디 오랜 숙원을 이루시길.'

이런 식으로 매복 기관 장치를 발동해 생을 마감하게 되리라곤 예상하지 못했다.

하나 동귀어진(同歸於盡)이란 최후의 수단을 선택한 것에 대해 후회 따위 없었다.

향후 대업의 걸림돌이 될 수 있는 사종검황 관궁을 저승

길 동무로 삼았다는 것만으로도 만족스러웠다.

그런데 갑자기.

스스스스슷, 스스스스슷—

지면 전체로 솟구치던 방대한 불꽃이 마치 폭포수를 끼얹은 것처럼 일시에 사그라졌고 동혈 내부 전체를 휘감던 열기도 거짓말처럼 말끔히 소멸했다.

'어?'

이상함을 느낀 광선검존이 눈을 뜨자.

관궁이 천연덕스러운 표정으로 어깨를 으쓱인다.

"왜, 뭐?"

언제 그랬냐는 듯 고요함에 잠긴 채 예의 어둠을 되찾은 공간.

'이…… 이게 무슨……?'

눈깔이 한껏 휘둥그레진 광선검존은 너무 경악한 나머지 일련의 통증마저 잊었다.

탄천폭뢰는 과거 강호를 상대로 화마(火魔)의 겁난을 일으켰던 새외 세력 초열무궁(焦熱武宮)의 독문 화기로, 그 한 개의 화력이 중원의 대표 화기인 진천뢰(震天雷) 다섯 개와 맞먹는다고 전하는데…… 그런 가공할 화기가 우습게도 아무런 힘을 발휘하지 못했다.

애초 동혈 바닥에 매장해 놓았던 탄천폭뢰는 무려 열 개

남짓.

그것은 사람의 힘으로 어찌해 볼 수 있는 화력이 아니다.

'일신의 내공만으로…… 탄천폭뢰의 화력을 잠재웠나? 그, 그게 실제로 가능하단 말인가?'

다시금 미증유의 공포가 흉중을 채우고.

오싹.

전신에 무수한 닭살이 돋았다.

무어라 형언하기 어려운 두려움에 머리칼이 쭈뼛 서다 못해 허공으로 모조리 뽑혀 나가는 기분이다.

상대의 내공 공부가 어느 정도인지, 그 화후가 얼마나 깊은지 아예 감조차 잡기 힘들었다.

'도대체 저자는 어떻게 생겨 먹었기에……!'

한 가지 명확한 사실은 자신의 재량으론 절대 헤아릴 수 없을 만큼 초절하다는 것. 그 외엔 알 수 있는 게 아무것도 없었다.

문득 검림지존의 모습이 뇌리를 스쳐 지나갔다.

'서, 설마…… 지존의 무위에 버금가는 수위……? 반로환동의 영향인가?'

순간 관궁의 입술이 엷은 웃음기를 머금었다.

"크큿. 이 새끼, 표정이 아주 가관이구나. 내가 말했지? 온갖 지랄 발광을 해 봐야 소용없다고."

말문이 막힌 광선검존은 눈만 멀뚱거릴 따름이다.

그때 뜻밖의 말이 귀를 후볐다.

"살려 줄까?"

그제야 정신이 번쩍 든 광선검존.

어차피 이곳에 감춰 놓은 비장의 수는 더 이상 없다. 이제 자신을 기다리는 것은 끔찍한 고문과 고통의 시간뿐인 것을.

그렇다면 선택할 길은 오직 한 가지였다.

'흐으윽…… 고문은 더 겪고 싶지 않다! 어쨌든 지금은 목숨부터 건지고 볼일!'

생각과 동시에 대가리를 조아리는 그다.

"죄, 죄, 죄송합니다! 사종검황! 진심으로 잘못했습니다!"

"참 빨리도 사과하네? 어?"

움찔한 광선검존은 체면이고 뭐고 다 벗어던지고 세 치 혀를 놀리기 바빴다.

"제, 제가…… 정말이지 죽어 마땅한 큰 죄를 저질렀습니다!"

"쌍, 그건 당연한 거고."

"제가 알고 있는 모든 사실을 가르쳐 드리겠습니다! 그러니 부디…… 부디 고문만은……."

"아까 나더러 멍청한 놈이라 씨부렁거리던 패기는 어디

갔어?"

"자, 잠깐 머리가 돌았나 봅니다! 이 미천한 몸이 진정한 무의 황제를 몰라뵙고……."

"네놈, 별호가 뭐지?"

"위대하신 사종검황을 앞에 두고 아뢰옵기 민망하지만 광선검존…… 이라 합니다."

"하여간 개나 소나 '존'이라지."

"제…… 사문은 다름 아닌 북방의 대막(大漠)에 위치한 사암검문(沙巖劍門)입니다. 사종검황께서 남기신 신물과 진전을 손에 넣게 된 경위는……."

갑자기 말꼬리를 흐리는 광선검존이었다.

관궁이 좌수의 검지와 엄지를 집게처럼 세워 오므렸기 때문이다.

주둥이 닥쳐, 라는 손짓.

이내 관궁이 검을 바닥 한옆에 꽂더니 양팔의 소매를 걷어 붙였다. 그러곤 사악한 미소와 함께 눈매를 가늘게 좁혔다.

"일단 좀 처맞자. 손 없는 병신 새끼 주제에 감히 본좌를 상대로 암수를 써?"

윽, 손목은 당신이 절단시켰잖아!

광선검존이 속으로 발끈하기가 무섭게.

고사리 같은 관궁의 손이 무차별적인 구타를 시작했다.

퍽, 퍼퍽, 퍼어억, 퍽……!

"커헉, 억, 어억, 으허억……!"

                    *   *   *

"헉, 허헉, 헉…….."

"끄읏…… 끄으읏…….."

공간을 나지막이 울리는 괴로운 신음들.

하후금, 비류진 등은 저마다 바닥에 누운 채 숨을 헐떡이고 있었다. 게다가 다들 팔이며 다리며 깊은 검상을 무수히 입어 의복마저 시뻘겋게 젖은 상태였다.

그것은 다름 아닌 청풍검결 수련의 흔적이다.

뒷짐을 지고 선 신율은 그런 그들을 향해 흐뭇한 표정을 지었다.

"허헛. 전원 잘 버텨 주었다."

그 말은 곧 표사들 모두 청풍검결을 완전히 깨우쳤다는 의미인데.

열일곱 명의 표사는 이내 신음을 삼키며 환한 웃음을 그렸다.

"드디어…… 드디어 끝이 났군요."

"가…… 감사합니다! 국주님."

"후…… 정말이지…… 하루하루가 일 년 같았습니다."

고개를 주억인 신율이 재차 입을 열었다.

"비로소 쾌검의 요체를 완벽히 습득했으니, 남은 과제는 내공 수위이니라. 지금보다 더 강해지고 싶다면 축기를 게을리하지 말거라. 알겠느냐?"

"예!"

일동이 한목소리로 대답한 직후.

벌컥.

문이 좌우로 활짝 열리더니 검무영이 저벅저벅 들어섰다. 이어서 운몽향아도 그 뒤를 따라 모습을 드러냈다.

"끝났나?"

검무영의 심드렁한 물음에 신율이 정중히 예를 갖췄다.

"예, 교두님. 보시다시피……."

"공부 수준은?"

"내공 수위는 차치하고, 검술 하나로만 따진다면 평제자 수석인 표필과 비등한 수준일 것입니다."

"좋군."

피식 웃은 검무영이 돌연 손을 내민다.

신율이 어리둥절해하자.

"달라고, 네 칼."

"아…… 예."

그렇게 검을 건네받은 검무영이 누워 꼼짝달싹 못 하는 하후금 곁으로 바짝 다가섰다.

"교…… 교두님?"

"흠, 좀 아플 거야."

"예?"

하후금이 눈을 동그랗게 만든 찰나.

푹.

검극이 그의 아랫배를 사정없이 관통했다.

"끄아악!"

뒤이어 풍풍 뿜어져 나오는 선혈 줄기.

예상치 못한 광경에 표사 일동이 경악실색했다.

"억! 저, 저게 무슨……?"

"으앗! 교, 교두님! 왜, 왜 그러십니까?"

하나 검무영은 들은 체도 하지 않았다.

별안간 운몽향아가 주걱을 꺼내 들더니 고통에 부들부들 떠는 하후금의 몸을 마구 두들겼다.

퍽, 퍽, 퍽, 퍽—!

그런 하후금이 정신을 잃기가 무섭게 검무영이 무표정하게 일렀다.

"괜찮아, 일종의 추궁과혈이야."

순간 표사들 모두 안색이 새하얗게 질렸다.

'으아악, 미친⋯⋯! 도대체 무엇 하나 정상적인 게 없어!'

차라리 개새한테 추궁과혈을 받는 게 낫겠다 싶었다.

*　　　*　　　*

시간이 얼마나 지났을까.

동혈 입구 밖의 숲 일대는 현재 새외 검수들 시신이 수북이 쌓여 비릿한 혈향이 가득했다.

당효악은 능우구절편을 갈무리하며 바닥으로 눈길을 던졌다. 거기엔 온몸이 녹색으로 화해 목내이처럼 곯아 버린 창궁검존과 폭광검존의 시신이 드러누워 있었다.

진천당가, 청풍검문 일행 모두 큰 부상을 입은 자는 한 명도 나오지 않았다.

그야말로 압도적인 승리.

당효악을 위시한 진천당가의 전력은 과연 사천 제일이라 할 만했다.

각 대장, 대원들 할 것 없이 전원 고른 활약을 펼치며 오백 년의 역사와 전통이 헛된 것이 아님을 증명해 보였다.

반면 청풍검문은⋯⋯.

개새와 홍청, 망청이 마구잡이로 설치는 바람에 평제자 일동은 아무런 활약도 못 했다.

표필을 비롯한 그들은 벌써부터 귀환이 두려웠다.

　—현장 체험 학습을 끝낸 소감은?

청풍검문에 도착하자마자 검무영은 아마 이렇게 물을 것이 분명하다.

뭐라고 대답해야 할까?

관궁, 개새, 그리고 홍청과 망청한테 화살을 돌리자니 그 또한 후환이 두려웠다.

그때.

열을 맞춰 선 평제자들 앞에 자리한 개새가 동혈 쪽으로 고개를 돌리곤 멍멍! 짖었다.

동시에 관궁이 바람 같은 운신을 펼쳐 밖으로 나왔다. 그런 그의 좌수엔 광선검존의 절단된 머리통이 쥐여 있었다.

툭.

관궁은 무슨 물건 버리듯 피 묻은 머리통을 바닥에 던지며 입을 열었다.

"뭐 좀 알아냈나?"

다름 아닌 당효악을 향한 물음이다.

"예. 자백을 받는 데엔 고문만큼 효과적인 것이 없지요."

관궁이 곧 끔찍한 몰골로 죽은 창궁검존과 폭광검존의 시신을 눈에 담았다.

"크크큭. 독공을 쓴 거냐? 역시 진천당가 가주답군."

"사황께서는……?"

"나도 마찬가지야. 그리고…… 검림지존이란 새끼가 지금 어디로 향하고 있는지 들었다."

순간 당효악의 두 눈이 이채를 뿜었다. 자신은 그것까지 듣지 못했는데.

"어디입니까?"

"본 문."

"기어이 성도에 발을…… 어서 가는 게 좋겠습니다."

"그러지."

관궁이 고개를 끄덕인 순간 개새가 옆으로 와 귀엽게 꼬리를 흔들었다.

"안 다쳤다. 걱정하지 마라."

그렇게 말한 관궁이 걸음을 옮기다가 말고.

"어? 잠깐만……."

그의 시선이 다시 개새 쪽으로 머물렀다.

"앞서 동굴 안으로 대가리를 들이밀었을 때…… 화약 냄새 못 맡았어? 네놈 후각이 그걸 놓칠 리가 없었을 텐데."

개새는 양쪽 귀를 흠칫 떨더니 슬그머니 고개를 돌려 시선을 회피했다.

"크아악, 내 이럴 줄 알았지! 이 쌍놈의 개새끼! 역시 내가 뒈지길 기대했던 거야!"

동시에 개새가 궁신탄영을 이용해 저편으로 쏘아져 나갔고, 관궁이 질세라 지면을 박차며 그 방향으로 내달렸다.

"잡히면 뒈진다!"

第二章
북방의 패자(霸者)

　새외 무림, 달리는 변황 무림.

　흔히 북쪽 장성 너머의 광활한 대지와 신비로운 야사가
가득한 동방, 남단의 운남성과 인접한 이국적인 밀림 지대,
그리고 마도 무리가 활개 치는 신강을 중심으로 한 서역 등
중원 경외에 있는 여러 세력의 총칭이다.

　태곳적부터 작금에 이르기까지, 중원 무림과 가장 빈번
하게 마찰을 빚었던 지역은 바로 끝 간 데 없이 펼친 사막
과 초원이 어우러진 북역이었다.

　이곳은 역사적으로 절대 강자도 약자도 없기로 유명했
다.

다른 새외 지역과 달리 유난히 분쟁이 많아 십여 년 이상 패권을 유지하는 세력이 지극히 드물었기 때문이다.

바꿔 말하면 중심 세력 간의 전력 수준이 비등하다는 의미.

서역 같은 경우 천마신교, 혈교를 비롯한 '마도사패(魔道四覇)'가 무려 일천 년의 긴 세월 동안을 군림하고 있고, 남쪽의 이방은 천독지(千毒地), 백수동(百獸洞) 등 '남림삼비역(南林三秘域)'이라 부르는 세 개의 세력이 패권을 나눠 쥐고 있었다. 물론 바다 건너의 동방이라고 해서 사정이 크게 다르지는 않았다.

하나 새외 북쪽은 온갖 세력이 난립해 패권을 차지하려는 각축장이나 다름 아니었다.

그래도 예외는 있었다.

단 한 번.

북방의 대지에 산재한 여러 문파를 규합하고 일통을 이루며 수십 년 동안 정점에 우뚝 선 채 패권을 유지했던 한 세력이……

무적검무단(無敵劍舞團).

사백여 년 전, 춤을 추듯 유려함이 돋보이는 검학을 앞세워 초원과 사막 지대를 평정한 그들은 여세를 몰아 중원 무림까지 침공했다.

무림사에 기록된 그 대혈전은 강호의 초절정 고수들 중 한 명인 은라옥기린의 갑작스러운 죽음으로부터 시작되었다.

　일전 검무영과 당효악의 손속에 죽임을 당한 두 검존의 사문 전뇌신궁은 당시 무적검무단의 산하에 든 상태였다.

　전뇌신궁의 궁주이자 신력을 발휘하는 기보 조화전신검을 소유한 전광검신의 무력은 새외 북방의 여덟 패자 중 한 명으로 꼽힐 만큼 가히 절륜했지만, 무적검무단의 단주 검무태상(劍舞太上)은 그것을 능가하는 수준이었다.

　여덟 패자 가운데 으뜸의 자리는 당연히 검무태상이 차지했으며, 기실 무적검무단이 북방을 일통한 것도 그가 존재했기에 가능한 일이었다.

　검무태상의 고강한 무력 앞에 전광검신이 두 무릎을 꿇고 휘하를 자처했을 때, 전뇌신궁의 사람들 어느 누구도 반발을 하거나 불만을 터뜨리지 않았다.

　심복이 된 전광검신은 그런 검무태상의 명을 받들어 장성과 맞닿은 산서성 북쪽의 기린철궁(麒麟鐵宮)을 급습했고, 결국 궁주 은라옥기린을 죽이는 데 성공했다.

　검무태상으로선 더할 나위 없이 만족스러운 결과였다. 그것으로 말미암아 강호를 제 발아래 두게 될 것이라 믿어 의심치 않았다.

하지만 중원 무림의 대처는 매우 빨랐다.

각 지역을 대표하는 초고수들 모두 긴급 회동을 가져 정파와 사파의 구분을 초월한 거대 연맹을 구성한 것이다.

경험의 축적.

중원 무림은 그동안 북역의 침범만 받은 것이 아니었으니까.

자주 부딪친 것은 북역이지만 강호사에 핏빛으로 기록된 대규모 전투는 흔히 서역이 중심이었고, 그때마다 정파와 사파는 서로 의기투합해 위기를 극복해 왔다. 그러한 경험이 쌓이고 쌓여, 서역이 그랬던 것처럼 새외 북방 무리 또한 엄청난 전력을 꾸렸음을 파악하고서 기민하게 반응한 것이었다.

북방 세력들 입장에선 애초 규모를 줄여 차근차근 일을 벌여 나가는 게 차라리 나은 선택이었으리라.

검무태상은 자신이 이끄는 무적검무단을 위시한 북방의 전 세력을 이끌고 중원의 심장부로 진격하려 들었지만 하북, 산서, 섬서 지역 경계에 걸쳐 포진한 정사 연맹의 방어선을 뚫지 못한 채 무참히 패퇴하고 말았다.

절대 무너질 것 같지 않던 검무태상은 정사를 대표하는 최고수 소림사 방장 정각선사(正覺禪師)와 괴림궐가 가주 천륭일도제(天隆一刀帝)와 차례로 손속을 나누다가 회복하기 힘든 내상을 입었고, 나머지 새외 일곱 패자도 중원 고수들 합격 앞에 싸늘한 주검으로 화했다. 그 휘하 전력은 달리 말할 것도 없었다.

결국 북방 세력의 잔당은 장성 너머의 자신들 땅으로 도망쳤고, 정사 연맹은 또 한 번 새외 무림을 상대로 승리를 거두는 큰 업적을 기록했다.

그게 끝이 아니었다.

정사 연맹은 이 기회에 북새가 두 번 다시 중토를 넘보지 못하게 만들어야 한다며 잔존한 무리를 추격해 그 명맥을 완전히 끊어 놓았다.

새외 북방과 대륙 강호 사이의 대혈전은 그렇게 막을 내렸다.

그 이후로 북새가 감히 중원 무림을 넘보는 일은 발생하지 않았지만, 실지 그들 명맥은 완전히 끊긴 것이 아니었다.

무적검무단을 비롯해 새외 북방의 중추라 불리던 각 세력의 소수 인원이 가까스로 멸문지화를 피해 생존했기 때문이다.

중원 무림으로 보면 재앙의 씨앗이었고, 새외 무림으로 보면 마지막 희망의 불씨였다.

북방 각처에 몸을 숨긴 일당은 복수의 칼날을 갈며 저마다 사문의 진전이 이어지도록 비밀스러운 안배를 통해 후인을 길러 냈다.

그 대표적인 인물이 현재 검림지존이라 불리는 자였다.

나안걸태(那顏乞台)란 명을 가진 그는 다름 아닌 검무태상의 검학을 계승한 무적검무단의 후인이었다.

검무태상의 제자, 또 그 제자…… 그렇게 여러 대를 거치며 보완된 검학은 마침내 나안걸태의 대에 이르러 완성을 보았다.

검학의 명칭도 새롭게 바꿨다. 무극검무결(無極劍舞訣)이라고.

각종 영약을 복용해 내공 수위까지 강화한 나안걸태는 중원 무림의 눈길을 피해 옛 영광을 재현하고자 흩어져 있던 여러 세력을 규합하고서 야욕을 실행할 준비에 착수했다.

하나 일련의 작전은 과거와 달랐다.

검무태상은 중원의 심장부로 곧장 진격이 가능한 하북, 산서 등지를 목표로 삼았지만 그는 청해성, 사천성이 위치한 서쪽을 염두에 두었다.

비록 그 일대가 험지이긴 해도 한번 자리를 잡으면 견고한 요새를 구축할 수 있으리라 판단한 까닭이었다.

오직 공격만이 능사가 아니다. 만약 중원의 심장부로 진

격하는 것이 힘에 부치면 서쪽의 천험한 지세에 기대 차근
차근 힘을 길러 후일을 도모하는 것도 한 방법일 터.

그것이 나안걸태의 확고한 생각이었다.

서쪽 형세를 파악하기 위해 은신처 밖으로 나온 그는 청
해성부터 조사했다.

대략 한 달쯤 지났을까.

모든 조사를 마치고 경내 동쪽에 위치한 바다 같은 호수
청해호에 이르렀을 때였다.

장엄한 대자연의 풍광에 취해 무극검무결의 검초를 펼치
던 도중 실로 뜻밖의 인물과 조우했다.

그 인물은 바로 강호 무림의 최강자, 사종검황 관궁이었
다.

나안걸태는 순간 호승심이 일었고, 끝내 그 마음을 억누
르지 못한 채 관궁과 검을 섞었다.

이백 합의 비무.

그 사건을 계기로 나안걸태의 계획은 전면 수정되었다.

아직은 중원 무림을 집어삼키기에 부족하다, 라는 불안
감이 들었기 때문이다.

그로선 솔직히 오십 합을 넘길 줄은 몰랐다.

무극검무결의 묘용 한 가지만으로는 관궁을 쉬이 제압하
기가 힘들었다.

관궁의 광속능천검식이 가진 요체는 무극검무결과 비교해도 전혀 손색이 없었다.

검날을 부딪칠 때마다 기혈이 흔들리고 숨통이 턱 막히는 기분.

정말이지 감탄스러웠다.

검무태상이 남긴 신물의 힘을 개방했다면 능히 이길 수 있었으나 그러면 정체가 들통 날 가능성이 있어 일부러 삼갔다.

나안걸태는 다시 은신처로 귀환해 새로운 길을 모색했다.

당장 관궁 한 명의 무위가 그러한데, 중원 무림 고수들 전부 뜻을 모아 뭉친다면 현재 전력으론 또 실패를 맛볼 것임이 분명하다는 생각이 들었다.

자신의 무력이 제아무리 뛰어나도 관궁을 오십 합 내로 제압할 만큼 압도적인 힘을 갖추지 못하는 이상 중원 무림 정복은 요원한 일일 것이었다.

십오 년 후.

나안걸태는 피나는 노력 끝에 반로환동을 성취했고, 오래전 실전된 것으로 알려진 신비 기공 흡성대기공(吸星大氣功)을 습득하는 기연까지 얻었다.

흡성대기공은 상대의 기를 흡수해 자신의 것으로 만들

수 있다는 상고의 절학이었다.

나안걸태는 그래도 만족하지 않았다.

흡성대기공을 연구하고 또 연구해 다른 묘용을 발휘할 수 있도록 변형시켰다. 그리고 마침내 흡성대기공을 이용해 신병이기의 힘을 취하는 경지를 이루었다.

신병이기에 깃든 신력이 자신의 단전에 갈무리되는 놀라운 경험.

그런데…….

한 가지 큰 부작용이 있었다.

단전과 기맥이 불안정해 주기적으로 엄청난 고통이 엄습했기 때문이다.

원래 반로환동이 가져다주는 부작용과 함께 흡성대기공의 부작용이 겹칠 때면 도저히 정신을 차릴 수가 없었다. 그냥 그대로 죽어 버리고 싶다는 마음이 들 정도로 괴로웠다.

결국 나안걸태는 자결을 결심했다.

숙원이고 뭐고 간에 이처럼 고통스럽게 살 바엔 스스로 목을 긋는 게 나은 선택일 것이라고.

그렇게 칼을 뽑아 들고 그 검극을 제 목에 겨눴을 때.

놀라운 일이 일어났다.

검이 돌연 전성 같은 소리를 발한 것이다.

그것은 검무태상의 숨은 안배였다.

나안걸태는 그렇듯 신물이 전한 구결을 통해 새로운 심법을 습득했고, 그 심법을 이용해 두 가지 부작용을 말끔히 고쳤다.

더불어 기묘한 기예를 추가적으로 손에 넣었다.

바로 긴 잠에 든 상태로 기를 축적할 수 있는 기이한 대법. 비록 몸은 수면 상태와 마찬가지이나 정신은 깨어 있는…….

나안걸태에게 있어 중요한 것은 사문의 숙원이었다.

중원 무림을 정복하기 위해선 세월을 건너뛰는 것쯤은 아무런 문제도 되지 않았다.

대법을 이용해 긴 시간 힘을 축적한 후 깨어나면 자신을 당할 자가 없으리라 여겼다.

마침내 나안걸태는 자신이 움직이지 못하는 동안 수족이 되어 줄 무리를 선별해 임무를 맡겼고…….

이백여 년의 세월을 격한 지금.

비로소 대업을 이루기 위해 두 눈을 떴다.

각종 신병이기의 신력을 취해 가히 괴물 같은 내공을 갖추고서.

어느 한적한 산길.

달빛 아래 조용히 걸음을 옮기던 검림지존 나안걸태가 입을 열었다.

"이제 세상 그 무엇도 본좌의 앞을 가로막지 못할 것이다."

그러자 그 뒤를 따르던 이천 명이 저마다 두 눈을 번뜩였다.

이내 희미한 미소를 띤 나안걸태가 야공으로 시선을 던지며 읊조리듯 중얼거린다.

"너무 강한 것도 외로운 삶일 것이야. 하나…… 난 그것을 즐기고자 한다."

                    *   *   *

청풍검문과 진천당가 원정대는 월광이 부서져 내리는 어느 계곡의 널따란 평지에 천막을 설치하고 야영에 돌입했다.

사위가 고요해 곡지를 굽이쳐 흐르는 계류의 물결 소리가 한결 또렷이 귓전을 울리는 가운데, 중앙에 마련된 천막으로부터 희미한 불빛이 새어 나왔다.

관궁, 그리고 당효악.

등잔 하나를 사이에 두고 자리한 두 사람은 현재 새외 북방 무리와 관련해 이야기를 나누는 중이었다.

"훗, 잠매지혼대법(潛寐持魂大法)…… 참 흥미롭지 않나? 수면 상태를 유지하며 영적인 힘을 발휘해 생기를 유지시키고 공력을 보충할 수 있는 수법이라니."

잠매지혼대법.

검무태상이 무적검무단의 신물 신무화령검(神舞化靈劍)에 숨겨 놓았던 안배.

정작 그 자신은 공부가 부족해 익히지 못했지만 후대인 검림지존 나안걸태는 그것을 완벽히 깨우쳐 긴 세월 때가 오기만 기다렸다.

"독한 놈이야. 생각 이상으로."

그런 관궁의 말에 당효악이 고개를 끄덕였다.

"현재로선 일신의 무력을 추측하기가 힘들군요."

초일류 고수도 심득이 어렵다는 반로환동, 지금은 그 기록조차 남아 있지 않은 상고 새외의 기인 섭심무선(攝心武仙)의 흡성대기공, 그것도 모자라 비전인 잠매지혼대법까지…….

반로환동의 깨달음을 바탕으로 일련의 요체를 발전시킨 흡성대기공을 통해 각종 신병이기의 신력을 취하며 잠매지혼대법으로 추가적인 내력을 쌓아 온 나안걸태의 공력이란 분명 무시무시한 수위일 것임이 분명했다.

일순 관궁의 눈동자가 깊게 가라앉았다.

"그 새끼는…… 내가 기필코 죽여 버린다."

광선검존의 자백에 의하면 휘광검문은 나안걸태가 이끄는 정예 전력에 의해 은밀한 습격을 받고 사멸한 것이라 했다. 그리고 당연히 광속신황검을 탈취해 간 것도 그였다.

당시 나안걸태는 반로환동과 흡성대기공을 성취해 한창 신병이기를 수집 중이었는데, 그러다가 관궁이 강호를 등진 지 오래라는 정보를 입수하곤 광속신황검을 손에 넣고자 휘광검문을 밤중 급습한 것이었다.

사도검성 승무와 오백여 명의 문도는 그렇게 나안걸태가 이끄는 신병이기로 무장한 무리를 감당하지 못한 채 죽임을 당했다.

차후 그들 시신을 발견할 수 없었던 까닭은 다름 아닌 무흔삭골산(無痕削骨散)이라 칭하는 극독 때문이었다.

흔히 중원 암시장에서 거래되는 화골산(化骨散)은 살을 녹여 뼈만 남기는 화독(火毒)으로 유명한데, 무흔삭골산은 아예 뼈조차 말끔히 녹여 없애는 독성을 가졌다.

관궁은 앞서 그 말을 들었을 때 전신의 피가 거꾸로 치솟는 기분이었다.

그래도 한 가지 다행인 것은 나안걸태가 끝내 광속신황검의 힘을 취하지 못했다는 사실.

다름 아닌 특별한 봉인 때문이었다.

광속신황검의 신력은 관궁의 진전 중 하나인 내공 심법의 최공 심결을 극성으로 터득하지 못하면 무슨 수를 써도 가질 수 없었다.

나안걸태도 예외는 아니었다.

흡성대기공을 운용해 신력을 흡수하려 들었지만 꿈쩍을 하지 않았다.

손에 쥐고 휘둘러야 신력이 발동될 뿐, 그것을 몸으로 옮겨 와 갈무리하는 것은 불가능했다. 갖은 애를 써 봐도 허사였다.

결국 나안걸태는 광속신황검의 힘을 취하는 것을 포기했고, 휘하 중 한 명인 광선검존이 그걸 건네받은 것이었다.

이를 빠드득! 간 관궁은 이내 자리 옆에 비스듬히 놓인 광속신황검을 눈동자에 담았다.

'영호성…… 이는 전적으로 그대의 공이다. 제작 단계부터 안배를 해 놓은 덕분에 검의 신력을 온전히 지켰어.'

그의 안배가 아니었다면 이렇듯 온전하게 회수되지도 못했으리라.

당효악이 조용히 물었다.

"검 교두가 능히 감당해 낼 수 있을 것이라 여기십니까?"

만에 하나 한발 늦게 도착할 경우를 걱정하는 모양이다.

관궁이 돌연 눈살을 찌푸렸다.

"우리가 가기 전에 먼저 맞붙으면 곤란하지. 젠장, 생각하기 싫은 일이군."

순간 당효악의 낯빛이 흠칫 굳었다.

'그 검 교두마저도…… 자못 상대하기 어려울 것이란 소리인가? 으음, 역시…….'

왠지 모를 싸늘함이 혈류를 타고 퍼지는 기분이다.

하기야 관궁이 우려를 표하는 것도 당연한 일.

상대는 이제껏 경험해 보지 못한 기이한 힘을 보유했다.

각종 신검의 신력을 몸에 보유한, 말 그대로 초절한 공력을 발휘할 것으로 짐작되는 인물이다.

물론 검무영도 마찬가지로 그 무력의 깊이를 추측하기 불가능한 존재이긴 하나 나안걸태를 상대하게 된다면 전력을 발휘해야 될 것이기에…….

이번 싸움은 청풍검문과 진천당가, 나아가 사천 지역 무림 전체의 존망이 걸렸다.

한데 그때.

"어이, 내가 우려스러운 건 검씨 놈의 안위가 아니야."

관궁의 그 말에 당효악이 어리둥절해했다.

"예?"

그러자 관궁이 인상을 한층 구기며 투덜댄다.

"우리가 무조건 먼저 당도해야 된다고! 무적검무단의 후인 놈은 반드시 내 손으로 족쳐야 해! 쌍, 그 새끼가 우리를 앞질러 괜히 검씨 놈 성질 건드리면 내가 설욕할 기회 따윈 그냥 날아가 버리는 셈이잖아!"

"아……."

"초조해서 안 되겠다! 야영이고 나발이고 지금 당장 길을 서두르는 게 좋겠어!"

관궁은 대뜸 검을 챙겨 밖으로 걸음을 옮겼다. 그에 당효악이 황급히 만류했다.

"다들 지친 상태입니다. 그 심정은 십분 이해가 갑니다만, 그래도 하룻밤 정도는 쉬는 것이……."

"시끄러! 밑에 것들 말고 기력 있는 놈만 데리고 떠나면 되잖아!"

막무가내로 우긴 관궁이 휘파람을 불기가 무섭게.

부우욱!

천막이 찢기며 개새가 불쑥 등장했다.

"멍, 멍."

"가서 두 곰 새끼한테 떠날 준비하라고 전해!"

"멍! 멍멍, 멍!"

"평제자들? 알아서 오겠지."

"꾸웅……."

개새는 잠깐 망설이는 듯하더니 알았다는 듯 머리를 끄덕이곤 냉큼 사라졌다.

결국 당효악도 짐을 챙겼다.

"함께 가지요. 당장 선발대 인원을 소집하겠습니다."

"맘대로 해."

시큰둥하게 대꾸한 관궁이 신형을 뒤돌려 나아가다가 별안간 걸음을 멈칫했다.

"검림지존의 총애를 받는다는 회검대공자란 새끼……."

"어검술을 구사한다는 그 젊은 검수 말씀입니까?"

"마음에 걸려."

찰나 관궁의 머릿속으로 광선검존이 했던 말이 떠올랐다.

　　—회검대공자는…… 몇 년 사이에 큰 공을 세워
　　이인자로 급부상한 자입니다. 대막 광풍사(狂風沙)
　　출신이라는데, 아시다시피 광풍사는 마적단의 총칭
　　이지 않습니까? 한낱 마적단 출신이 그토록 고강한
　　무력을 가졌다는 것이 아직도 큰 의문점인데…… 자
　　기 말로는 천고의 기연을 얻었다고 하더군요.

"연유가…… 무엇입니까?"

당효악의 나지막한 물음에 상념을 접은 관궁이 눈매를
가늘게 좁혔다.

"몰라, 그냥 그래."

"사황, 정확히 말씀해 주십시오."

낯빛을 고치고 자못 진중한 투로 묻는 당효악.

관궁은 곧 그의 얼굴로 시선을 던지며 짧게 말했다.

"그놈…… 아무래도 검씨 녀석이랑 닮은 것 같다는 예감
이 든다."

*   *   *

아침 점호 시간.

청풍검문 내부 분위기는 어수선했다.

다름 아닌 검무영과 관련한 괴상한 이야기 때문이다.

어젯밤, 저녁 식사가 끝나고 휴식 시간이 되었을 때 표사
일동은 하연설, 단선후 등을 비롯한 각급 문도 전원을 한데
모아 놓고 도저히 믿기 힘든 말을 꺼냈다.

—글쎄, 교두님께서 문을 벌컥 열고 들어와 손가
락 하나 까딱하기 힘든 저희의 아랫배를 다짜고짜

칼로 찌르셨습니다!

—절대로, 절대로 꿈이 아닙니다! 저희 열일곱 명
이 모조리 동일한 꿈을 꿨다는 게 상식적으로 납득
이 됩니까?

—그렇다고 심신이 지쳐 헛것을 본 것도 아닙니
다. 아랫배를 깊숙이 파고들던 검극의 감촉이 아직
도 뇌리에 생생히 남았다고요! 게다가 영양사님께
선…… 예의 주격으로 다친 저희를 사정없이 두들겨
팼습니다.

—정신을 잃었다가 깨어 보니 바닥의 핏물은 이
미 싹 지워진 상태였고, 몸에 걸친 무복도 새것으로
바뀌어 있었지요. 참 불가해한 점은 일련의 검상이
말끔히 치유되었다는 것인데…….

—아무튼 나중에 국주님께 여쭈어 보니 그런 일
없었다고 시치미를 뚝 떼시더라고요. 하나 저희는
그것이 진짜였다고 믿습니다!

—목소리도 아직 기억납니다. 교두님께선 분명히
이렇게 말씀하셨어요. '괜찮아, 일종의 추궁과혈이
야'라고…….

하연설은 그들이 했던 말을 머릿속에 떠올리며 고개를

절레절레 흔들었다.

'하아, 도대체 이걸 믿어야 해? 말아야 해?'

그녀가 가벼운 한숨을 쉰 순간, 검무영이 장내로 성큼성큼 발을 들여 문도들 앞에 자리했다.

"주목."

동시에 문도들 모두 열을 정돈하며 자세를 똑바로 갖췄다.

이내 검무영의 시선이 표사들 쪽으로 향하자 그들 모두 본능적으로 몸서리를 쳤다.

"너희는 오늘부터 표국으로 가서 생활하도록. 물론 신국주와 백리 표두도 함께 갈 것이다."

"아, 알겠습니다!"

표사 일동은 드디어 청풍표국의 정식 출범이 임박한 것임을 직감했다.

검무영은 뒤이어 초등생 하급반이 정렬한 쪽으로 턱짓을 보내며 입을 열었다.

"잠영단 출신 인원도 마찬가지."

그러자 잠영단주였던 귀보신기 곡혼량이 어리둥절한 눈빛을 지었다.

"예? 저, 저희도……?"

"내가 예전 이곳으로 데리고 올 때 뭐라고 했는지 잊었나?"

그제야 잠영단 출신 초등생 일백여 명은 '아!' 하며 예전 검무영이 내뱉었던 말을 상기했다.

　　—경공술이 장기라 발도 빠르겠다, 무력도 제법
　　갖췄겠다. 이참에 새로 출범할 표국의 쟁자수로 삼
　　으면 되겠군.

아이고, 쟁자수라니…….

명색이 무공을 익힌 무리가 졸지에 짐꾼으로 전락하는 순간이었다. 하지만 어느 누구도 불만을 표하지 못했다.

그때 검무영이 귀가 솔깃한 목소리를 던졌다.

"표국에 가면 너희는 당분간 국주와 표두의 지도를 받게 될 거다."

일순 곡혼량 등은 저마다 얼굴에 화색이 감돌았다.

'오! 비로소 무공을 배우게 되는 것인가?'

한옆에 서 있던 신율이 흰 수염을 쓰다듬으며 점잖게 일렀다.

"다들 일신의 경신 공부가 진일보를 이룰 수 있도록 우리 둘이 힘껏 도울 것이야."

"감사합니다! 정말 감사합니다!"

잠영단 출신 전원은 기쁨을 감추지 못했다.

내심 검무영의 지도를 원했지만 신율과 백리대약도 나쁘지 않았다. 아니, 솔직히 그것도 감지덕지했다.

한때 사천성 전역을 떨쳐 울렸던 사파의 패자와 검군자의 진전을 습득한 초일류 고수가 친히 무공을 가르쳐 준다는데 그걸 불만족스럽게 여긴다면 아마 미친놈이란 소리를 듣고도 남을 것이다.

별안간.

"음?"

검무영이 고개를 번쩍 들어 하늘을 보았다.

덩달아 하연설을 비롯한 문도들도 일제히 그 방향을 따라 시선을 옮겼다.

파랗게 펼쳐진 하늘 복판에…… 보일 듯 말 듯한 아주 작은 점 하나.

"성가시군."

중얼거린 검무영이 손을 위로 쭉 뻗자.

빼애액— 빼애애액—

모종의 울음소리가 아련하게 들렸고 곧 하늘의 작은 점이 빠르게 떨어지며 점차 그 형태가 확대되어 보였다.

그것의 정체는 바로 번쩍이는 은빛 깃털을 가진 새외의 영조 은광신응이었다.

삐애애애애액—

아마도 검무영이 시전한 허공섭물에 강제로 이끌린 듯싶었다.

하연설 등은 저마다 놀란 입을 다물지 못했다.

세상에, 저기까지 높이가 얼만데 그걸 무형지기로 단숨에 끌어와?

덥석!

검무영이 자신의 지척으로 당겨진 은광신응의 목을 세게 움켰다. 그러자 은광신응이 푸드덕푸드덕 괴로운 날갯짓을 보이다가 눈동자를 똑바로 마주한 순간 양 날개를 얌전히 붙였다. 마치 그 일신의 기도에 압도라도 당한 것처럼.

직후 검무영이 무표정하게 입을 열었다.

"영조의 눈을 통해 날 보고 있다는 것을 안다."

그는 은광신응의 눈동자를 직시하며 다시 말을 이어 나갔다.

"어쭙잖은 정찰은 집어치우고 어서 오기나 해. 새외의 똥 덩어리들."

상대를 자극하는 도발이다.

하연설과 단선후, 마봉 등은 서로 시선을 주고받으며 똑같이 생각했다.

'새외의 무리가 본 문으로 오고 있나 보구나!'

다들 묘한 긴장감에 마른침을 꿀꺽 삼키는 가운데 검무영이 입꼬리를 슬쩍 올렸다.

"노릇노릇 구우면 맛있겠는데?"

동시에 몸을 흠칫하는 은광신응.

검무영의 미소가 한층 짙게 변했다.

"보내 준 매는 잘 먹도록 하지."

그 소리와 함께 은광신응의 목이 세게 꺾였다.

꽈드득—!

*   *   *

아침 안개가 옅어져 가는 깊은 산중.

한 고갯마루에 우뚝 선 나안걸태의 새하얀 동공이 어느 순간 원래의 색을 되찾았다. 그러곤 곧 허리에 걸린 신무화령검의 칼자루를 어루만지며 신형을 선회했다.

울창한 숲을 등지고 질서정연하게 도열한 이천여 명의 새외 무인은 일제히 그의 얼굴을 주시하며 말을 기다렸다.

"방금 전…… 은광신응이 죽었다."

나안걸태가 나지막이 흘린 음성에 무인들 표정이 싸늘히 굳었다.

동요하는 눈빛들.

무릇 은광신응은 길들이는 게 어렵고, 죽이기는 더욱더 어려운 희대의 영물이었다.

선천적으로 자연지기를 근간으로 하는 영적인 힘을 보유하고 있어 사람이 발휘하는 내기의 영향을 받지 않기 때문이다. 설사 그 대상이 일류 수준의 내가 고수라고 하더라도.

은광신응을 곁에 두고 다루기 위해선 상단전의 뇌력을 통해 영혼의 교감을 이루는 것이 필수였다. 즉, 은광신응의 정신과 자신의 정신을 연결할 수 있는 묘용을 깨우치지 않으면, 또한 그것을 통해 의지를 꺾지 못하면 뜻대로 제어하는 것이 아예 불가능했다.

만약 상단전과 관련한 성취가 부족한 무인이 무리하게 붙잡으려 들었다간 도리어 접촉과 동시에 은광신응 본연의 영적인 힘에 짓눌려 큰 내상을 입거나 심상이 흔들려 주화입마에 빠지기 십상이었다.

그처럼 은광신응과 같은 영물, 신수는 저마다 타고난 힘의 속성이 달라 가축을 기르듯 명을 따르도록 만드는 것 자체가 실로 대단한 일이라 할 수 있다.

하지만…….

"흥미롭군. 은광신응의 영적인 힘을 무시하고서 허공섭물로 이끌어 붙잡은 것도 모자라 목마저 손쉽게 꺾어 버릴 줄이야."

나안걸태의 말이 끝나자마자 선두에 서 있던 칠십 대 노검수가 안광을 번뜩였다.

"일신의 능력이 어느 정도일지 선뜻 감을 잡기가 힘들군요. 아마도 황룡이 선사한 신검의 힘을 상당한 수준까지 깨우친 것임이 분명합니다. 그리고 그 힘은 은광신응의 영력과 일맥상통하는 듯싶습니다."

음검비동의 동주 태음검존이었다.

고개를 주억인 나안걸태가 보일 듯 말 듯 웃음기를 띠며 말했다.

"그가 일전 전검존의 조화전신검을 무참히 깨부쉈을 때부터 이미 범상치 않은 존재이리라 짐작은 했지만…… 이번 일은 자못 뜻밖이군."

호승지심에 기인한 미소일까?

아니다.

지금 입가에 맺힌 웃음기는 그저 재미있는 물건을 발견했다는 호기심의 발로일 따름이다.

그는 이내 자신의 머리를 덮은 전모로 손을 뻗어 은빛 꽁지깃을 떼 바닥에 버렸다.

뒤따라 태음검존을 비롯한 수뇌부도 각자 전모의 깃 장식을 제거했다.

영혼을 연결하는 매개체의 핵심인 은광신응이 죽은 이상 은빛 깃털은 이제 아무런 쓸모도 없는 물건일 뿐이므로.

그때 태음검존 옆에 선 오십 대 무인이 가만히 입을 열었다.

"지존, 차라리 진천당가를 먼저 치는 것이 좋지 않겠습니까? 제아무리 청풍검문에 황룡의 신검을 소유한 초고수가 있다고 한들 전력의 규모로 보면 진천당가 쪽이 몇 수 위일 것임이 분명한데…… 파천신군 당효악이 자리를 비운 이 기회를 노리는 것이 더 나은 선택이리라 사료됩니다."

작도존(斫刀尊).

과거 새외 북방의 도문들 중 가장 큰 명성을 떨쳤던 사야도문(四野刀門)의 후인.

하나 나안걸태는 그런 작도존의 조언을 완곡히 거절했다.

"청풍검문이 먼저이니라. 그 힘이 더 성장하기 전에 멸해야 마땅하다."

"예……?"

"다들 어제 이후로 광선검존과 이어진 혼기(魂氣)를 느끼지 못하고 있을 것이다."

수뇌부가 고개를 끄덕였다.

정확한 시점은 개새가 동혈 안으로 머리를 들이밀어 두

번째 사자후를 시전한 때였다. 그 이후로 은빛 꽁지깃을 통해 감지되던 광선검존의 혼기가 완전히 끊어져 버렸다.

"아마도 전멸한 것이겠지."

나안걸태의 단언에 휘하 무인들 안색이 저마다 무겁게 가라앉았다.

"본좌가 간밤에 은광신응을 통해 마지막으로 확인한 단편적인 장면은…… 열 살 정도로 보이는 소동이 육중한 무형지기를 발해 은신처의 전력을 모조리 제압하던 것이었다."

작도존이 살짝 당혹감을 드러내다가 일순 머릿속에 떠오르는 바가 있었다.

"혹 반로환동을 이룬 고수입니까?"

"설마하니 진짜 아이가 그런 가공할 무력을 보유했을 리는 만무할 터."

찰나 태음검존이 미간을 좁혔다.

"소동의 모습을 한 정체불명의 인물도 청풍검문 소속인 모양이군요. 어린아이로 화할 만큼의 과도한 반로환동이라니……."

"게다가 신비로운 힘을 가진 세 영물도 있지. 청풍검문은 예측하기 힘든 변수가 존재하기에 가장 빨리 없애야 할 장애물이다."

작도존, 태음검존 등 수뇌부는 앞서 나안걸태가 왜 청풍 검문을 먼저 쳐야 한다는 말을 했는지 비로소 납득이 간다 는 눈치였다.

태음검존은 조용히 수염을 쓰다듬으며 속으로 중얼거렸 다.

'황룡의 신검을 보유한 젊은 고수, 전례가 없는 반로 환동을 성취한 자, 그리고 신비로운 힘을 가진 세 영물까 지…… 청풍검문의 급작스러운 변화가 참으로 놀랍구나. 불과 반년 전만 하더라도 폐문하기 직전의 무문이었거늘.'

순간 귓전에 불쑥 와 닿는 음성.

"태음검존, 신경 쓸 것 없다."

나안걸태는 그 말과 함께 측방으로 시선을 돌렸다.

눈길이 머문 자리엔 잿빛 피풍을 두른 세 명의 무인이 남 다른 기도를 내뿜으며 서 있었다.

원무삼검령(元舞三劍靈).

오직 나안걸태의 명령만 따르는 특기 전력인 친위대로 그 지위는 이인자인 회검대공자와 사실상 동등하다고 봐도 무방했다.

"저 세 명은 최근 혈맥개조(血脈改造)를 통해 본좌의 육 할 공력과 맞먹는 힘을 보유하게 되었다."

"……!"

태음검존을 비롯한 수뇌부의 눈동자 위로 가벼운 파문이 인다.

나안걸태가 다시 말을 이었다.

"당장 아예혼(阿兒渾)에게 전서응(傳書鷹)을 보내도록 하라."

아예혼, 다름 아닌 회검대공자의 이름이다.

동시에 전령을 맡은 무인이 휘파람을 부르자 매 한 마리가 허공으로부터 빠르게 떨어져 내렸다.

"청풍검문으로 오라고 해라."

"예, 지존."

전령은 신속히 서신을 작성한 다음 매의 목에 걸려 있는 나무통 속에 집어넣었다. 그렇게 매는 세찬 날갯짓으로 비상해 사라졌다.

직후 태음검존이 물었다.

"지존, 구태여 회검대공자까지 호출하실 필요가 있습니까?"

현재 아예혼은 일천 명을 이끌고 다른 길을 택해 성도로 향하는 중이었다. 그 목적지는 바로 진천당가였다.

"청풍검문을 돕고 있는 젊은 검수는 이미 우리가 간다는 것을 간파한 상태이니라. 또한 은광신응의 눈을 통해 본좌한테 호전적인 도발까지 행했지."

"으음, 그런……!"

"청풍검문이 믿는 구석은 진천당가임이 분명하다. 그러니 청풍검문으로 가면 진천당가의 무리도 자연히 마주하게 될 것이야."

기다렸다는 듯 원무삼검령이 짙은 투기와 살기를 발산했다.

질세라 태음검존, 작도존 등도 두 눈 위로 불꽃 같은 뜨거운 눈빛을 내뿜었다.

"두 세력이 합심해 어떤 대비책을 세운다고 하더라도 위대하신 지존의 행보를 막을 수 없을 것입니다."

"총력이 동원된 이상 헛된 희망을 무참히 짓밟아 놓고 말겠습니다."

나안걸태가 흡족한 표정을 지으며 말했다.

"새로운 세상이 우리를 기다리고 있다. 본좌가 그 길로 너희를 인도할 것이니라."

*   *   *

"할 수 있으면 해 봐."

무표정한 검무영의 말에 운몽향아가 생긋 웃었다.

"네, 알았어요. 그럼 조금만 기다려 주세요."

그녀는 죽은 은광신응을 손에 들더니 냉큼 부엌 안으로
사라졌다.

식사 중이던 하연설이 두 눈을 동그랗게 떴다.

"교, 교두님. 정말로 그 새를 드시게요?"

"세상에 드문 영조라 그 맛이 어떨지 궁금해서 말이지."

검무영이 어깨를 으쓱거리자 하연설은 못 말리겠다는 듯
고개를 절레절레 흔들었다.

마봉과 양욱은 서로 시선을 교환하며 인상을 찌푸렸다.

'윽, 그런 기이한 매 따위 먹고 싶지 않은데…… 생긴 것
부터 징그럽잖아!'

'알 수 없는 부작용이나 병에 걸리면 어떡하려고 저래?
하여간 식성조차 기이한 사람이라니까.'

어느 정도 시간이 흐른 후.

문도들 대부분이 취식을 끝내고 젓가락을 놓는데, 운몽
향아가 커다란 접시 하나를 가지고 나왔다.

아니나 다를까, 그 위엔 털이 몽땅 뽑힌 채 통째로 누르
스름하게 굽힌 은광신응이 얹혀 있었다.

일동은 그만 실소를 머금고 말았다.

영조고 나발이고 간에 저렇게 구워지니 한낱 닭이나 오
리랑 별반 다를 게 없구나, 라는 눈빛들.

두툼한 코를 벌름거리던 양욱이 감탄을 터뜨렸다.

"햐아…… 죽인다!"

방금 그릇을 비운 터라 뱃속이 꽉 찼는데 막상 그 냄새를 맡으니 저절로 식욕이 당겼다. 아니, 나아가 시장기마저 솟는 듯한 기분이었다.

마봉은 괜스레 기분이 좋아 그의 어깨를 툭 치며 일렀다.

"인마, 당연하지. 누구 솜씨인데."

다른 문도들 반응도 크게 다르지 않았다.

'과연 영양사님 요리 솜씨는 대단하셔! 고작 냄새만으로 사람을 미혹시키다니……'

'맛있는 것도 매일 먹으면 질리는 법인데, 영양사님께서 만들어 주시는 음식들은 끼니때마다 그 맛이 달라서 참 신기해. 재료는 별로 특별할 게 없던데, 혹 양념에 비밀이 있는 걸까?'

'아아! 저것, 먹어 보고 싶다! 자꾸 입 안에 군침이 돌아 미치겠어. 제발 한 점만……'

운몽향아는 이내 요리한 은광신응을 검무영 앞에 올려놓았다.

"일단 겉보기엔 괜찮군."

"호홋. 드셔 보세요. 솔직히 맘 같아선 서방님 먼저 드리고 싶었지만……"

그러더니 마봉을 향해 한쪽 눈을 찡긋 감아 보이는 그녀.

'괜찮소, 소저! 마음만으로도 충분하오!'

마봉이 헤벌쭉 웃은 찰나 검무영이 젓가락을 집어 들었다.

한데 그 순간.

손을 멈칫한 검무영이 불쑥 물었다.

"가만, 내단은 어쨌어?"

동시에 문도들 눈길이 일제히 운몽향아의 얼굴로 집중되었다.

"어머, 내 정신 좀 봐."

움찔한 그녀가 돌연 손에 쥐고 있던 뭔가를 휙! 던진 직후.

"헙……."

마봉이 얼떨결에 그것을 입으로 받았다.

혀를 통해 전해지는 감촉.

동글동글, 틀림없이 영조의 내단이다.

검무영이 어처구니없다는 듯 피식 웃었다.

"제 남자는 참 끔찍이 챙기는군. 그나저나 연단을 거치지 않은 채 저렇게 막 먹여도 되나?"

"그냥 날것으로 효능을 시험해 보려고요. 내단의 속성을 파악하진 못했지만, 그래도 설마 죽기야 하겠어요? 호호호홋."

운몽향아의 교소에 마봉의 낯빛이 백지장처럼 창백해졌다.

'어억! 뭐라고?'

다른 문도들 역시 식욕이 싹 달아난 표정이다. 왠지 바싹 구워 낸 고기도 안전하지 않을 것 같은 생각이 드는데.

질겁한 마봉이 입에 든 내단을 뱉으려 하자 운몽향아가 쾌속한 보법으로 다가와 손날로 목을 쳤다.

"컥……!"

마봉은 외마디 소리와 함께 내단을 꿀꺽 삼키고 말았다.

"아악! 으아악! 안 돼!"

그는 얼른 입 속으로 검지를 쑤셔 넣어 목젖을 건드리려 했지만 시뻘건 주걱이 뺨을 짝! 후려갈겼다.

털퍼덕―

순식간에 바닥에 쓰러져 혼절한 마봉.

운몽향아가 이내 검무영을 보며 청했다.

"교두님, 오늘 하루는 서방님을 열외로 쳐 주세요."

"대신 내일은 두 배로 굴릴 거야."

"네, 감사해요."

눈웃음으로 대답한 그녀는 곧장 마봉을 어깨에 둘러업고는 식당 밖으로 사라졌다.

문도들이 저마다 멍한 표정을 짓는 가운데 검무영이 젓

가락으로 은광신웅의 살점을 찢었다.

"흐음, 아니지."

그러더니 적전제자 네 명을 빤히 바라본다.

어째 불길한 예감이 든다.

"뭔가 찜찜하군. 너희가 먹어 봐."

하연설 등은 누가 먼저라 할 것도 없이 고개를 좌우로 세차게 가로저었다.

아악, 싫어! 당신이나 먹어! 우리는 살 한 점 달라고 한 적도 없다고!

하나 씨알도 먹히지 않는 것을.

"먹어, 딱밤 맞기 싫거든."

양욱이 일그러진 면상으로 외쳤다.

"예! 차라리 딱밤을…… 꾸엑!"

골통이 부서지는 것 같은 음향이 터지며 양욱의 커다란 몸집이 식당 벽면을 부수고 날아가 저 멀리로 사라졌다.

고요함에 잠긴 식당 내부.

하연설, 단선후, 선우경리가 어색한 미소를 띠며 식탁에 모여 앉았다.

"아하…… 하하…… 마…… 맛있겠다."

각자 손에 든 젓가락이 부들부들 떨린다.

그때 검무영이 머리 뒤로 손깍지를 끼며 심드렁한 목소

리를 발했다.

"혹시 잘못돼 죽으면 내가 되살려 내 줄 테니까 너무 걱정하지 말고."

윽, 제발 뻥 좀 치지 마!

第三章
돌려세운 칼끝

방금 전까지 화창하던 하늘이 어언간 어둡게 변했다.

쿠르르릉, 쿠르르릉…….

우기(雨氣)를 잔뜩 머금은 먹장구름이 메아리를 퍼뜨리는 아래, 긴 대열을 이룬 일천 명의 무인이 굴곡진 산길을 따라 나아가고 있었다.

무리의 선두엔 어떠한 감정의 변화도 엿보기 힘든 무감각한 표정의 이십 대 청년이 자리했다.

회검대공자 아예혼.

현재 그가 통솔 중인 행렬은 마영도회(馬影刀會), 냉천검문(冷天劍門), 단하성궁부(丹霞聖弓府) 등 오래전부터 무적검무단을 떠받들며 충성을 맹세한 다섯 개 세력의 전력이었다.

"역시 이곳의 날씨는 변덕스럽군."

아예혼의 등 뒤쪽에 있는 이십여 명의 고수진 가운데 사십 대 장한 하나가 머리 위까지 바짝 다가온 비구름을 보며 그렇게 말했다.

작도존의 사야도문과 더불어 고강한 도법으로 유명한 마영도회의 회주, 강벽도존(剛壁刀尊)이다.

통나무처럼 굵은 그의 허리 왼쪽엔 일신의 무공을 상징하는 커다란 만도(蠻刀) 한 자루가 걸려 섬뜩한 예기를 흘리고 있었다.

이윽고 아예혼이 걸음을 멈추자 강벽도존을 비롯한 고수진과 휘하 무인들 모두 일제히 그 자리에 정지해 서며 미리 준비해 온 우립을 꺼내 썼다.

먹빛을 머금은 하늘은 기다렸다는 듯 소낙비를 마구 퍼붓기 시작했다.

쏴아아아아아아…….

세찬 빗줄기에 의해 일천 명의 무복이 금세 흠뻑 젖어 들었다.

고수진이 각자 수신호를 보내 대오를 정돈시킨 후 등을 보인 채 우립의 끈을 매만지는 아예혼의 명령을 기다렸다.

이윽고 빗소리를 뚫고 귓전에 와 닿는 목소리.

"전모의 장식은 그만 떼어 버리도록 하라."

아예혼의 갑작스러운 말에 쌍검을 소유한 오십 대 검수의 두 눈이 휘둥그레졌다.

"예?"

물음을 던진 그는 냉천검문의 문주 한각검존(寒覺劍尊)이었다.

아예혼이 어깨의 물기를 털며 재차 무미건조한 음성을 발했다.

"은광신응이 죽어 버렸으니 더 이상 무용지물이다."

한각검존, 강벽도존 등 고수진이 동시에 흠칫 놀랐다.

"……!"

정작 말을 꺼낸 아예혼의 얼굴엔 아무런 변화가 없었다. 마치 이렇게 되리라 예상하고 있었다는 것처럼.

선뜻 믿기 힘든 소리이나 어느 누구도 의문을 품거나 반론을 제기하지 않았다.

기실 이곳에 있는 고수들 중 은광신응과 영적으로 연결된 고리, 즉 혼의 기운을 가장 확실하게 파악할 수 있는 능력을 가진 존재는 아예혼이 유일했으니까.

무조건 수긍할 수밖에 없다.

지고한 지위를 떠나 그가 그렇다면 정말로 그런 것이다.

이내 강벽도존이 자못 분한 듯 서늘한 안광을 내뿜으며 턱의 힘줄을 당겨 물었다.

"설마…… 청풍검문을 정찰 중에 당하기라도 한 것입니까?"

"그런 것 같다."

짧게 대꾸한 아예혼이 가만히 고개를 들자 다른 이들도 일제히 그 방향을 따라 시선을 옮겼다.

직후.

무수한 빗방울이 시야를 어지럽히는 허공에 웬 그림자 하나가 빠르게 하강하는 것이 보였다.

본대로부터 온 전서응이다.

아예혼이 팔을 접어 앞으로 내밀기가 무섭게 예의 매가 그 위에 안착했다.

"급신이군."

읊조리듯 중얼거린 그가 즉각 매의 목에 걸린 나무통을 열어 서신을 꺼냈다.

지면에 쓰인 짤막한 문장.

<지존께서 청풍검문으로 오라 하십니다.>

빗방울에 의해 먹물이 시커멓게 번진 서신은 금세 너덜

너덜하게 찢긴 채 흙바닥 위로 떨어져 엉겨 붙었다.

아예혼은 그것을 발로 지그시 눌러 밟곤 팔을 가볍게 떨쳤다. 그와 동시에 매가 날개를 푸드덕거리며 높은 허공으로 솟구쳐 저편으로 사라졌다.

우립의 음영이 드리운 강벽도존의 눈동자가 이채를 머금었다.

"아무래도 지존께선 황룡이 두고 간 신검을 손에 넣는 것이 최우선적인 과제라 판단하신 모양입니다."

곁에 있던 한각검존이 질세라 말을 보탰다.

"급신의 내용으로 짐작건대 은광신응을 죽인 것은 청풍검문 인물의 소행임이 분명한 듯싶군요. 황룡의 신검을 소유한 자, 아마 그일 것입니다. 신병이기의 특별한 힘을 빌리지 않고선 은광신응을 절대 죽일 수 없을 터이니……."

고개를 끄덕인 아예혼은 두 눈을 지그시 감았다가 뜨며 나지막이 일렀다.

"다들 움직여라."

그렇게 그가 걸음을 옮겨 나아가자 고수진을 비롯한 일천 명도 일사불란하게 그 뒤를 따랐다.

갈수록 드세지는 빗줄기.

지나가는 소나기인 줄 알았는데 쉽사리 그칠 기미가 보이지 않았다.

한각검존과 강벽도존이 각자 조심스럽게 말을 꺼냈다.

"회검대공자, 일단 비를 피해 적당히 머물 곳을 찾는 게 어떻겠습니까?"

"저도 동의합니다. 어차피 지름길을 파악해 두었으니 예서 약간의 시간이 지체되더라도 별문제는 없을 듯싶습니다."

하나 아예혼은 일언반구도 없이 좌수를 어깨 위로 들어 한 번 까딱였다.

이대로 계속 전진하란 수신호인데.

그 순간.

누군가의 중후한 목소리가 아예혼의 발길을 붙들었다.

"잠시 쉬어 가는 게 좋겠습니다."

음성의 주인은 바로 오십 대 궁수, 단하성궁부의 수장인 태궁존(太弓尊) 팔로자홀(八魯刺忽)이었다.

궁술의 대가로 이 자리의 고수진 중 최고의 무력을 자랑하는 강자이자 불과 오 년 전까지 이인자의 지위를 누리던 인물.

물론 그 지위를 빼앗아 간 사람은 다름 아닌 아예혼이었다.

"내 수신호를 보지 못했나?"

고개를 뒤돌린 아예혼의 물음에 팔로자홀이 한발 앞으로

나서며 말을 받았다.

"어차피 본대와 엇비슷하게 도착만 하면 될 일입니다. 구태여 사나운 비를 맞아 가며 휘하 전력의 체력을 허비할 필요가 있습니까?"

자못 정중한 어투이나 가시가 숨었다.

신경전을 벌이는 듯한 태도에 강벽도존이 눈짓으로 만류했다.

하나 팔로자홀은 본 척도 하지 않았다.

뒷짐을 진 아예혼이 무심한 표정으로 입을 열었다.

"네 감히 언제부터 내 말에 토를 달기 시작했더냐?"

"죄송합니다."

사과의 말과 달리…… 두 눈동자엔 어떤 미안함도 담겨 있지 않았다.

스르릉.

날카로운 검명과 함께 저절로 뽑혀 나오는 칼.

장식도, 문양도 없는 넉 자 길이의 잿빛 장검이 아예혼의 가슴 앞으로 둥실 떠올랐다. 그 검극은 정확히 팔로자홀을 겨누고 있었다.

그것을 본 일동은 저마다 사색이 되었다.

어검술을 통해 뿜어지는 무형의 기운과 체외를 감싸고 흐르는 투기가 소름을 오싹 돋게 만들었다.

"어찌하여 검을 발출하십니까? 전 그저 조언을 드렸을 뿐인데."

팔로자홀은 위축됨 없이 제 할 말을 내뱉었다.

그러곤…….

상대의 어검술에 대비해 슬그머니 활을 검쥔다.

여차하면 맞붙어 싸울 기세.

아예혼은 그런 팔로자홀을 뚫어지게 바라보다가 이내 검을 거둬들였다.

철컥—!

내력에 이끌린 검이 신속히 칼집 속으로 몸을 감춘 찰나.

"태궁존의 말이 옳다. 다들 날 따르라. 조금만 더 가면 비를 피할 장소가 있으니……."

억양 없는 목소리를 발한 아예혼은 그대로 신형을 선회했다.

팔로자홀은 뜻밖이라는 표정으로 활을 잡은 손을 풀었다.

'흐음…… 내 의심이 지나쳤던 것인가?'

그때 강벽도존이 가까이로 와 어깨를 툭 쳤다.

"태궁존, 앞으론 절대 그러지 말게. 거사를 앞두고 있는데 괜한 분란을 일으키면 지존께서 절대 용서하지 않을 것이네."

그에 팔로자홀은 말없이 머리를 주억인 후 일행과 함께 아예혼을 뒤따랐다.

*　　　*　　　*

산중의 한 낡은 객잔.

항상 뜨내기손님이 전부인 이곳은 오늘따라 안과 바깥이 시끌벅적했다.

밤새 먼 길을 이동한 관궁, 당효악 일행이 허기진 배를 채우고자 들이닥친 까닭이다.

인원을 모두 수용하기엔 내부가 너무 좁았다. 그래서 객잔 주인은 마당을 포함한 건물 사방에 돗자리까지 펴 임시 자리를 마련했다.

관궁은 애초에 당효악을 비롯해 단목채원, 휴경, 경렴 등 대장급 고수만 대동할 계획이었는데 개새가 똥고집을 부리는 통에 평제자들까지 데려오고 말았다.

객잔 주인은 사실 맨 처음 반말을 내뱉는 관궁을 무시하다가 가벼운 무형지기에 겁을 먹고는 그때부터 성심을 다해 일행을 대접하는 중이었다.

시간이 얼마나 지났을까.

식탁에 앉은 홍청과 망청이 죽창으로 마룻바닥을 탁탁!

치며 괴성을 발했다.

"흐엉, 흐엉!"

"우어엉!"

만두 줘, 어서 만두 달라고! 라며 보채는 모양새.

어느덧 백 인분을 먹어 치우고도 양이 부족하다는 것 같은데.

"큭, 저 망할 것들……!"

관궁이 인상을 팍 쓰며 손짓으로 주인을 불렀다.

"무엇을 내 올까요?"

"만두."

"예? 또요?"

"왜, 돼지고기 떨어졌어?"

"아…… 그, 그게…… 산 돼지가 두 마리 있기는 한데, 장터에 팔려고 키운 거라…… 사실은 저의 전 재산이나 다름 아닙니다."

주인이 난감하다는 표정을 짓자 관궁이 으름장을 놓았다.

"닥치고 잡아! 안 그러면 내 손에 뒈질……."

별안간 말꼬리를 흐리는 그.

뒤통수에 꽂혀 드는 따가운 시선을 느낀 까닭이다.

조용히 고개를 돌리니 아니나 다를까 개새가 눈을 똑바

로 뜬 채 자신을 바라보고 있었다.

"멍, 멍."

내가 지켜보고 있다! 왠지 그런 의미인 듯한데.

찰나 관궁의 뇌리로 검무영의 목소리가 스쳐 지나갔다.

　─이게 감히 사파 짓거리를 일삼아? 본 문이 정파
　라는 걸 잊었나?

'쌍……! 저 망할 개 놈의 새끼, 나중에 검씨한테 고자질
할 게 분명해!'

이내 관궁은 옆쪽 탁자에 앉은 당효악을 향해 부탁했다.

"저 곰 새끼들 그냥 두고 갈 수는 없으니…… 돼지 두 마
리 값 좀 지불해 줘."

"허헛. 알겠습니다."

당효악은 품을 뒤지더니 은 조각 하나를 꺼내 주인의 손
에 쥐여 주었다.

"당가의 표지가 음각된 은 조각으로 아무 전장에 들러
환전하면 될 것이네."

돼지 두 마리 값치곤 너무나 과한데.

"아이고, 감사합니다!"

주인은 행여 상대의 맘이 바뀔까 싶어 은 조각을 챙기자

마자 돼지 둘을 잡아 만두소를 만들었고, 덕분에 흥청과 망청은 뱃속의 정량을 채울 수 있었다.

"자, 다 처먹었거든 어서 가자!"

관궁의 신경질적인 외침에 다들 마당에 모여 섰다.

그때 당효악이 나지막이 일렀다.

"사황, 본 가 인원 모두 쉬지 않고 경공술을 펼친 탓에 진기를 꽤 소진한 상태입니다. 잠깐 운기조식을 취할 시간을 주심이……."

"운기조식? 그딴 것 필요 없어."

씩 웃은 관궁이 곧 당문천무대 대장인 삼절신편 휴경의 곁으로 가 다짜고짜 마혈을 두드렸다.

타타탁, 타타탁!

"어엇!"

순식간에 사지가 경직된 휴경이 당혹감을 감추지 못하는데 관궁이 서둘러 손짓을 보냈다.

"야, 개새! 이 녀석, 기운을 찾도록 좀 도와!"

멍! 하고 짖은 개새가 꼬리를 살랑살랑 흔들며 오더니 연신 분홍빛 혀를 날름거린다.

'윽, 뭐…… 뭐지?'

휴경은 왠지 모를 공포에 휩싸였다.

팔짱을 낀 관궁이 킥킥 웃으며 재차 일렀다.

"그냥 개새가 행하는 대로 보조를 맞춰. 그러면 금세 활력이 샘솟게 될 거다."

동시에 개새가 폴짝 도약하더니.

찹찹찹, 찹찹찹찹…….

자그마한 혀를 놀려 휴경의 입 안을 침범한다.

그 광경을 본 일동이 경악실색하며 구역질이 나오려는 입을 손으로 틀어막았다.

저게 뭐하는 짓이야! 라는 충격의 눈빛들.

한편 휴경의 반응은.

'커억! 그, 그만! 제발 그만……! 더럽다!'

그러던 어느 순간, 앞서 제압을 당했던 마혈이 일시에 풀리며 전신의 기혈이 활기차게 맥동하는 것을 느꼈다.

하나 끝내 구토를 참지 못했다.

"우웨엑, 우웨엑……!"

관궁이 배시시 미소를 머금고는.

"다음은 누구?"

순간 눈이 딱 마주친 사람은 다름 아닌 당효악의 아내인 단목채원이었다.

"개새, 이번엔 저 여자다!"

"멍!"

곧바로 터져 나오는 당효악의 경악성.

"어억! 부, 부인!"

뒤이어 단목채원의 입술을 비집고 나오는 야릇한 신음.

"아흐으응……."

*　　　*　　　*

진천당가 일행은 먹은 것을 모조리 토하는 바람에 뱃속이 텅 비고 말았다. 한데 개새의 추궁과혈로 인해 체력은 원상회복됐다.

말 그대로 효과 만점.

그래서 더 미치고 환장할 노릇이다.

'크윽, 청풍검문에 도착하기 전까지 이 짓거리를 몇 번이나 더 당해야 되는 거야!'

다들 울상이 되어 속으로 그리 외쳤다.

하나 관궁은 그러거나 말거나 신경도 쓰지 않고 길을 서둘렀다.

"뒤처지는 놈은 나중에 뼈와 살이 분리될 줄 알아! 알겠어?"

그와 홍청, 망청이 숲길 저편으로 빠르게 내달리자 당효악을 위시한 진천당가 일행도 얼른 경공술을 전개해 뒤를 쫓았다.

직후 개새가 꼬리를 회전시키며 둥실 떠오른다.

"멍, 멍!"

기다렸다는 듯 평제자 네 명이 먼저 개새의 다리를 하나
씩 움켰다.

"조교님, 이번엔 제발 속도 조절 좀…… 솔직히 멀미가
나서 죽을 지경입니다."

"멍멍, 멍, 멍멍멍."

그렇게 평제자 일동은 저마다 다리에 다리를 붙잡으며
대롱대롱 매달렸다.

개새는 예전 황룡 승천의 소문을 만들었을 때처럼 허공
으로 높이 솟구치더니 쾌속하게 돌진했다.

"으아아아, 으아아아아……! 너무 빨라! 아까보다 훨씬
더!"

"흐이익! 다, 다들 꽉 잡아! 예서 떨어지기라도 한다면
즉사라고, 즉사!"

*　　　*　　　*

시간이 얼마 지나지 않아 산로를 빠져나온 아예혼 일행
의 눈앞에 광활한 들판이 나타났다.

검회색 구름이 여전히 하늘을 가린 채 맹우를 퍼붓는 중

인데…… 무수한 풀 잎사귀가 고개를 떨어뜨린 들판 어디에도 비를 피하기 마땅한 장소는 보이지 않았다.

아예혼의 뒤를 따라 발바닥으로 진흙을 뭉개며 나아가던 어느 순간 태궁존 팔로자홀의 안색이 급변했다.

'아무래도…… 뭔가 이상하다!'

한각검존, 강벽도존 등 다른 상위 고수들 반응도 그와 별반 다르지 않았다.

하나 아예혼은 그런 일행을 거들떠보지도 않고 조용히 발걸음을 옮길 뿐이다.

팔로자홀의 눈빛이 무겁게 가라앉았다.

"앞서 비를 피할 수 있는 곳이 있다고 말씀하셨잖습니까?"

그가 툭 던진 목소리에 비로소 아예혼의 발걸음이 우뚝 멈췄다.

덩달아 일행의 행보도 정지되었다.

아예혼은 등을 보인 채로 입을 열었다.

"그랬지."

무심한 대답에 팔로자홀의 눈초리가 꿈틀 올라갔다.

"회검대공자! 여긴 아무것도 없는 들판입니다!"

살짝 높아진 언성.

심상치 않은 분위기가 감돌자 강벽도존이 그것을 수습하

고자 서둘러 말을 꺼냈다.

"혹시…… 길을 잘못 드신 것입니까?"

동시에 일행의 눈동자 위로 의혹이 빛이 스친다.

기실 회검대공자 아예혼은 실수란 단어가 결코 어울리지 않는 존재였다.

고수진이 서로 시선을 교환하며 불가해하다는 표정을 짓는 그때.

"회의검단(灰衣劍團), 움직여라."

아예혼의 명이 떨어지기가 무섭게 잿빛 무복을 두른 검수 일백여 명이 무리로부터 갈라져 나와 좌우에 병풍처럼 펼쳐 섰다.

회의검단.

예전 아예혼이 이끌던 마적단 출신의 검수들.

팔로자홀을 비롯한 고수진과 휘하 전력 모두 회의검단의 갑작스러운 행동에 흠칫 놀랐다.

강벽도존이 당혹스러운 표정으로 물었다.

"지금 뭐하시는 겁니까? 회검대공자."

"비를 피하게 해 주려는 거다."

"예? 그게 무슨……."

찰나 신형을 선회한 아예혼의 체외로 투명한 기류가 꿈틀꿈틀 번져 나온다.

"이대로 저승으로 향한다면 더 이상 비를 맞을 일도 없을 것이란 뜻이지."

그런 그의 두 눈 위로 사나운 빛이 감돈다.

이제껏 한 번도 드러낸 적 없는, 또한 느껴 본 적 없는 짙은 적대감.

입꼬리를 비튼 팔로자할이 새외의 신병이자 사문의 신물인 낙백궁(落魄弓)을 꺼내 들었다.

"역시 불길한 예감이 적중했군. 넌 처음부터 우리를 배신할 생각이었어. 난 분명히 보았다. 며칠 전, 모두가 잠들었을 때 네놈이 비밀스럽게 누군가를 만나러 나가는 모습을…… 혹여 들킬까 싶어 밀행은 삼갔지만, 난 그때 이미 널 적으로 간주하고 있었느니라."

직후 한각검존이 쌍검의 칼자루를 움키며 입을 연다.

"허! 그랬는가. 참으로 어리석은 선택을 했구나, 아예 혼."

질세라 강벽도존과 나머지 고수들 역시 일제히 내공을 한껏 운용해 손에 든 신병이기의 신력을 이끌어 냈다.

쿠쿠쿠쿠쿠…… 드드드드드…….

각자의 무형지기가 한데 뭉치자 들판 일대 공기와 지면이 요란한 떨림을 발했다. 어지간한 무인은 제대로 서 있지도 못할 육중한 기운이었다.

아예혼은 아무런 감흥이 없다는 듯 표정이었다. 그리고 이내 입술 사이로 그 표정만큼이나 무미건조한 목소리를 흘렸다.

"이것은 지존의 뜻이다."

별안간 낯빛이 굳어진 그들.

"뭣! 지, 지존이라고?"

"설마하니 검림지존께서……?"

너 나 할 것 없이 큰 의문과 함께 동공이 확장된 찰나 아예혼이 말했다.

"나안걸태 따위를 지존이라 섬기는 너희의 나약함은 정말이지 이제 신물이 나는구나."

"……!"

"내가 섬기는 분이야말로 진정한 지존이시지."

"아예혼!"

일갈한 강벽도존이 지면을 박차고 돌진한다.

그런데.

푸욱!

한 줄기 거북한 음향이 들리나 싶더니 강벽도존의 신형이 그대로 진흙 바닥 위에 고꾸라졌다.

아예혼의 왼쪽 허리에 걸려 있던 회색 장검이 눈 깜빡할 사이에 거리를 압축해 상대의 가슴을 관통한 것이다.

"꺼…… 허……."

신음을 발한 강벽도존은 곧 자신의 흉골에 쑤셔 박힌 검 날로부터 터져 나오는 가공할 힘에 의해 산지사방으로 살 점과 핏물을 퍼뜨리며 생을 마감했다.

처참하고 허망한 죽음.

가히 초절한 경지의 어검술이었다.

위력, 속도, 묘용, 그 어느 것 하나도 모자람이 없 는…….

팔로자할은 제 두 눈으로 직접 보고도 선뜻 믿기 힘든 광 경 앞에 소름이 오싹 끼쳤다.

'이럴 수가, 놈의 성취가 저 정도였단 말인가!'

무표정한 아예혼이 손을 살짝 흔들자 예의 장검은 새처 럼 허공을 선회해 그의 허리춤에 걸린 칼집 안으로 빨리듯 들어가 꽂혔다.

"천붕어검도(天鵬御劍道)…… 너희들 머리론 이해할 수 도, 예측할 수도 없는 절세의 검학이지."

"처…… 천붕어검도!"

팔로자할은 너무 경악한 나머지 목소리까지 떠듬거렸다.

너무나도 유명한 검학이었다.

기실 중원과 새외를 통틀어 천붕어검도란 명칭을 모르는 무인은 전무했다. 왜냐하면 그것은 현 강호 무림의 양대 산

맥으로 군림하는 대붕성 성주의 독문 절학이었으니까.

새외 무리는 비로소 깨달았다.

방금 전 그가 지존이라 칭한 인물이 다름 아닌 대붕성주였다는 사실을.

팔로자할 옆에 자리한 한각검존이 마른침을 꿀꺽 삼키며 물었다.

"그렇다면…… 당신은……?"

"군율(君奉)."

본명을 밝히자 한각검존의 안색이 새하얗게 질렸다.

군율, 별호는 천패검붕(天覇劍鵬).

대붕성주의 적전제자이자 나이를 초월한 무력으로 장차 존자 반열에 오를 것이 유력하다는 사파 최고의 검도 천재.

몇 해 전부터 대외 활동이 없어 소식이 묘연했던 그가 새외로 숨어들어 회검대공자란 신분으로 위장했을 줄은 상상도 못 했다.

"뒤로."

군율의 말에 회의검단 전원이 재빨리 경공술을 펼쳐 그의 등 뒤편으로 옮겨 섰다.

그들 또한 군율과 마찬가지로 대붕성 소속일 것임은 굳이 묻지 않아도 알 수 있는 사실.

쿠우웅—!

지면이 아래위로 크게 진동했다.

군율이 드디어 자신의 진력을 개방한 것이다.

들판 전체가 심해에 가라앉은 것처럼 가공할 압력에 휩싸였고, 그가 선 자리를 중심으로 방원 이십 장의 공간이 마치 시간이 정지된 것처럼 무수한 빗방울을 차단시켰다.

"컥……!"

"크으윽……!"

무형지기에 짓눌린 새외 무리가 저마다 신음을 발하는 가운데 팔로자할 등 고수진은 극성의 공력을 이용해 가까스로 중심을 잡으며 정수리를 꿰뚫는 전율을 느꼈다.

'저놈이 이룩한 무의 경지는 대체……!'

일동의 눈동자 위로 떠오르는 절망의 빛.

이제껏 경험해 보지 못했던 묘한 두려움이 전신을 마구 옥죄어 왔다.

팔로자할은 문득 그런 생각이 들었다.

후계인 군율의 힘이 저러할진대 그 사부인 대붕성주는 과연 얼마나 고강할까? 라고.

군율의 우수가 가만히 칼자루를 움켰다.

"이 칼의 이름은 붕익(鵬翼). 신병이기의 신력 자체를 무력화시키는 절세의 명검이지."

나지막한 목소리와 함께 새외 무리를 향해 저벅저벅 걸

음을 옮기는 그.

내딛는 일 보마다 주변 공기와 지면이 사납게 흔들리며 굉음을 토한다.

"염라대왕을 만나거든 전해라. 내가 곧 나안걸태도 그리로 보내 줄 것이라고."

붕익의 날이 공간을 횡으로 갈랐다.

슈아아아아아아아—

존재하는 모든 것을 반으로 쪼개 버릴 듯한 미증유의 검기는 그렇게 신병이기의 신력에 기댄 새외 무리의 힘을 허무로 돌리며 피 분수를 일으켰다.

세 번의 휘두름.

적을 섬멸하기엔 그것만으로 충분했다.

내공을 갈무리한 군율은 붕익을 비스듬히 기울여 쥐며 신형을 뒤돌렸다.

"청풍검문으로 가자. 이제 성주님의 마지막 계획을 실행할 때다."

"예."

검수 일백여 명이 입을 모아 대답한 직후.

군율의 입가에 처음으로 보일 듯 말 듯 희미한 미소가 맺혔다.

'현재까진 순조롭구나. 하나…… 본격적인 패권 다툼은

아직 시작도 하지 않았다.'

*　　　*　　　*

오후 수련을 끝낸 적전제자 네 명은 나무 그늘에 앉아 휴식을 취하며 저녁 식사 시간을 알리는 종소리를 기다리는 중이었다.

양욱은 소맷자락으로 이마의 땀을 훔치다가 돌연 하연설을 쳐다보았다.

"대사저, 어때요? 뭔가 체내에 변화가 있습니까?"

그러자 그녀가 귀밑머리를 쓸어 넘기며 도리질을 쳤다.

"아니, 전혀. 아무리 영조라도 죽고 나면 그냥 새 고기에 불과한가 봐."

선우경리가 곧바로 말을 받았다.

"그나저나 내단을 복용한 마 사형은 지금쯤 어떻게 됐을까요? 날이 저물 때까지 아무런 소식이 없네요. 설마……
정말로 잘못되기라도 한 건 아니겠죠?"

이어지는 단선후의 목소리.

"어떤 부작용이 있다면 영양사님께서 절대 그대로 두지 않으셨을 거다."

말이 끝나자마자 마봉이 연무장으로 발을 들이는 것이

보였다.

하연설이 팔을 번쩍 들고 흔들었다.

"마 사제! 여기야, 여기!"

순간 마봉은 신형을 움찔하더니 곧 힘없는 걸음걸이로 일동 곁에 다가왔다.

"하아⋯⋯."

바닥에 엉덩이를 붙인 그가 깊은 한숨을 내뿜자 양욱이 고개를 갸웃거렸다.

"엥? 왜 그럽니까?"

"말도 마라. 오늘 방사만 열 번을 넘게 치렀어. 지금 다리가 후들거려 걷는 것도 힘들다고."

하연설은 그 소리에 부끄러운 듯 뺨을 붉혔지만 양욱은 오히려 부러운 눈빛으로 중얼거렸다.

"세상에, 열 번이라니⋯⋯ 세상 모든 사내가 꿈꾸는 정력이로군요."

이내 단선후가 넌지시 물었다.

"혹 내공이 증가한 건가?"

"암요, 증가했지요. 그것도 무지막지하게."

마봉의 대답에 다들 놀라움을 감추지 못했다.

한데 이어지는 말이.

"그러면 뭣하겠습니까? 그렇듯 증가하기가 무섭게 방사

를 치러 몽땅 다 빼앗겨 버린 것을…… 운몽 소저한테 모조리 흡수를 당했다고요. 만약 내단을 먹지 않고 오늘처럼 격렬하게 일을 치렀다면 전 벌써 정혈을 다 빨려 죽었을 겁니다."

하연설이 어이가 없다는 표정을 짓자 마봉이 제 머리칼을 쥐뜯었다.

"으윽……! 게다가 기껏 빼앗긴 보람도 없어요! 그 정도 기운이면 솔직히 그녀의 미모를 최소 반년 이상은 지속되게 만들리라 여겼는데, 어떻게 된 게 길어야 한 달 남짓이랍니다! 한 달 남짓!"

"엣? 그런……."

"그녀의 미모를 길게 지속시키기 위해선 도대체 얼마나 강해져야 될까요? 하아……."

그때 옆쪽으로부터 불쑥 들리는 음성.

"운기조식을 시작해."

다름 아닌 검무영이었다.

하연설 등은 잠깐 어리둥절한 표정을 짓다가 냉큼 명을 따라 가부좌를 틀었다.

"넌 열외."

검무영이 지목한 사람은 바로 양욱.

"예? 여, 열외라니요?"

"넌 기절하는 바람에 새 고기를 못 처먹었잖아."

동시에 양욱의 표정이 무참히 일그러졌다. 이렇듯 갑자기 운기조식을 행하라고 지시하는 것은 영조의 고기를 먹은 게 내공 발전과 관련 있기 때문임이 분명했으니까.

그때 마봉이 손가락으로 제 얼굴을 가리키며,

"교두님, 저도 운기조식을 하라고요?"

"그래."

검무영은 그 말만 남긴 채 저편으로 휘적휘적 걸음을 옮겨 사라졌고, 양욱을 제외한 네 명 모두 서둘러 운기조식 삼매경에 빠졌다.

약간의 시간이 흐른 후.

하연설, 단선후 등이 차례로 눈을 뜨더니 저마다 흥분해 소리쳤다.

"우와……! 진짜로 내공이 늘었어!"

"그러게 말입니다, 대사저. 영조의 고기가 어떤 영향을 끼친 모양입니다."

"어머, 진기를 돌려 보니 이전의 성취와 엇비슷한 양인 듯싶어요. 정말 놀랍네요."

"아하핫! 난 아무래도 운몽 소저가 몸에 뭔가 대법을 시전해 놓았던 모양입니다! 앞서 내단을 복용했을 때만큼은 아니지만, 그래도 이 정도의 내공 양이라면 만족스럽군요."

그러한 일동의 반응에 양욱은 아예 울상이 되었다.

'크아악, 쌍! 이게 뭐야! 나만 혼자 뒤처졌잖아!'

$$* \qquad * \qquad *$$

이경 무렵.

침상에 누운 양욱은 잠을 이루지 못한 채 몸을 뒤척거렸다.

'젠장! 이러다가 자칫 평제자로 강등되는 건 아닐까? 내가 지금까지 어떻게 버티고 또 버텼는데⋯⋯.'

호홀지간 방문이 달칵 열리더니 검무영이 발을 들였다. 그를 본 양욱은 황급히 신형을 벌떡 일으켜 세웠다.

"어? 교두님, 이 늦은 시각에 어쩐 일로⋯⋯."

"다른 녀석들 성취가 부럽지?"

그걸 말이라고! 그렇게 속으로 발끈했지만 애써 자신을 달래는 양욱이었다.

"뭐⋯⋯ 어쩔 수 없지요."

"오늘 밤중으로 내공 발전을 이루고 싶다면 내 도움을 주도록 하지. 하지만 과정이 좀 괴로울 거야."

일순 귀가 번쩍 뜨인 양욱.

검무영이 다시 나지막이 일렀다.

"결정해. 선택은 네 몫이다."

"과정이 암만 괴로워도 죽기야 하겠습니까? 부디 가르침을 주십시오, 교두님!"

"좋아."

검무영은 씩 웃더니 침상 가까이에 놓인 칼자루를 뽑아 들었다.

뒤이어.

푹―!

검극으로 다짜고짜 양욱의 배를 꿰뚫었다.

형언하기 힘든 지독한 통증에 비명을 지르려 하자 검무영이 손바닥으로 그 입을 턱! 막았다.

"내가 행하는 추궁과혈이 좀 화끈하긴 하지."

양욱은 그제야 깨달을 수 있었다. 예전 십악대 등 흑도 무리에 의해 납치를 당했을 때 꿈인지 아닌지 헷갈렸던 장면이 실제였다는 것을.

검무영이 묵필로 점을 찍고 검을 쑤셔 넣던 모습이 아직도 머릿속에 선명하다.

'어흐윽, 쌍……! 미치도록 아프다고! 아무리 그래도…… 이건 아니잖아! 정신이…… 아득…… 해진다.'

그렇게 양욱은 기절을 하고는 정확히 반 시진 후 내공이 증폭했다.

                    *   *   *

　사흘 뒤, 성도 서쪽의 한 산곡.

　새벽빛이 부옇게 밝아 오는 하늘 아래 검림지존 나안걸
태와 휘하 무인 이천여 명이 조용히 모습을 드러냈다.

　선두에 자리한 나안걸태는 칼자루를 어루만지며 나지막
이 말했다.

　"드디어 새로운 승자의 역사를 쓸 날이 왔도다."

　일순간 두 눈동자에 이채가 감돌고.

　팟!

　지면을 찬 그가 옷자락을 펄럭이며 쾌속하게 전진하자
휘하 무인들 역시도 일제히 표홀한 운신으로 그 뒤를 따랐
다.

第四章
초인(超人)들의 대결

청풍검문 경내에 느닷없이 집합을 알리는 종소리가 울렸
다.

뎅, 뎅, 뎅, 뎅…….

침상에 누워 있던 하연설은 깜짝 놀란 듯 눈을 뜨더니 이
내 창문을 열어 밖을 살폈다. 그러자 아직 새벽의 빛깔이
완전히 걷히지 않은 동편 하늘이 눈동자에 담겨 들었다.

'어머, 무슨 일이지? 기상 시간이 되려면 조금 더 있어
야 하는데…….'

그녀는 의문을 품기가 무섭게 옷을 갈아입고 머리카락을
대충 정돈한 후 방을 나섰다.

잠시 후.

적전제자를 비롯한 각 급 문도들 모두 중앙 마당에 모여
선 가운데 검무영과 운몽향아가 차례로 나타났다.

일동의 집중된 시선 속에 검무영은 뒷짐을 지고서 그 앞
에 서더니 불쑥 말했다.

"싸움이 시작될 거다."

갑작스러운 소리에 하연설이 두 눈을 똥그랗게 떴다.

"에? 지, 지금요?"

"그래."

질세라 마봉도 질문을 던지고.

"일전 말씀하셨던 새외 무리입니까?"

고개를 끄덕인 검무영이 심드렁한 목소리로 대꾸했다.

"그놈들, 정말로 이곳에 황룡의 신검이 있는 줄로 착각
하는 모양이야. 하여간 성가시다니까."

일동은 눈치를 살피며 속으로 중얼거렸다.

'아무래도 교두님께서 다짜고짜 영조를 죽여 버리신 바
람에 더 열을 받아 본 문부터 치러 오는 것 같은데…….'

하연설은 곧 저편에 서 있는 당능통을 슬쩍 보고는 검무
영을 향해 물었다.

"일단 진천당가에 알리는 게 좋지 않나요?"

그에 운몽향아가 대신 대답했다.

"이미 알고 있답니다."

"네?"

"좀 전에 청풍표국을 들렀다 오는 길이에요."

"아……!"

"호홋. 당 가주와 주요 고수 일부가 자리를 비운 상황이
니 신 국주한테 그곳으로 가 대기하며 혹여 적이 습격하거
든 힘을 보태라고 했어요. 어쩌면 본 문과 진천당가를 동시
에 공략하려는 속셈일 수도 있으니까요."

마봉이 곧바로 입을 열었다.

"주요 고수가 빠진 건 우리도 마찬가지인데…… 교관님,
조교님께선 언제쯤 오실까요?"

검무영이 문득 하늘 저편을 바라보더니 씩 웃는다.

"곧 도착할 거야."

그 말에 하연설의 두 눈이 재차 휘둥그레지고.

"그, 그걸 어떻게 아세요?"

하나 검무영은 일언반구도 없이 어깨를 한 번 으쓱이곤
마당 문 쪽으로 나아갔다. 그러자 운몽향아가 생긋 웃으며
일렀다.

"교두님과 교관님, 조교님, 그리고 나까지, 우린 모종의
기운이 연결된 탓에 서로를 느낄 수 있답니다."

"네?"

"자, 자, 다들 어서 가도록 해요. 싸움을 구경하는 것도 무공 공부의 일환이랍니다."

하연설은 어리둥절한 표정으로 고개를 끄덕이며 생각했다.

'모종의 기운이 연결되어 있다고? 아, 혹시…… 그 용신 기인지 뭔지 그걸 뜻하는 말씀인가?'

그렇게 문도들 모두 검무영과 운몽향아를 뒤따라 걸음을 옮겼다.

이윽고 일동이 정문 가까이에 이르렀을 때.

양욱이 갑자기 피식 웃으며 읊조리듯 중얼거렸다.

"후…… 참 신기하군."

그 소리를 들은 하연설이 고개를 돌려 물었다.

"양 사제, 무슨 소리야?"

"저도 그렇고, 사저도 그렇고…… 희한하게 긴장감을 전혀 느끼지 않고 있으니까요. 당장 적의 전력이나 고수들 무공 수위가 어느 정도인지 아무것도 모르고 있는 상황인데 말입니다."

그제야 하연설, 단선후 등도 크게 깨닫는 바가 있었다.

그러고 보니 그렇다.

잔혼각, 천금각 무리가 급습해 왔을 때만 하더라도 이렇지는 않았는데.

새외 무인들 실력을 가늠조차 못 한 상황임에도 불구하고 마음이 너무나 편안했다.

방심, 또는 자만심?

아니다.

다름 아닌 검무영의 존재 때문이다. 더 정확히 말하면 그를 향한 신뢰감 때문이다.

하연설을 비롯한 일동의 뇌리로 문뜩 검무영이 했던 말이 떠올랐다.

　　—앞으로 삼 년, 만약 그 안에 청풍검문이 무림
　제일의 무문으로 우뚝 서지 못한다면 내 손으로 직
　접 이곳을 폐문시킬 계획이다.

자신감 가득한 그 선언을 들은 이후로, 또 일련의 말도 안 될 정도로 가파른 성장을 경험한 이후로 검무영을 향한 믿음은 흡사 견고한 만년한철처럼 가슴속 깊이 자리를 잡았다.

그때 검무영이 문설주에 달린 고리를 덜컥! 당겼다.

드드드드드…….

두꺼운 문짝이 묵직한 쇳소리를 토하며 좌우로 열리는 와중에.

"후딱 끝낼 거야. 배고프니까."

그렇게 말하곤 뒤도 보지 않고 활짝 개방된 정문 바깥으로 걸어 나가는 그.

하연설은 머리를 절레절레 흔들었다.

'이건 정말이지 긴장감이 없어도 너무 없어. 아니, 없다 못해 비현실적일 지경이야.'

*   *   *

검림지존 나안걸태와 휘하 이천여 명의 무인은 청풍검문 정문으로 이어지는 대로를 따라 힘찬 걸음으로 전진했다.

척, 척, 척, 척, 척……

일부러 기척을 숨기지 않고 있다. 마치 자신들의 방문을 예고하듯이.

작도존이 문득 이상하다는 투로 말했다.

"마치 태풍이 휩쓸고 지나간 것 같은 광경이군요."

널따란 대로의 좌우에 자리한 고목들이 전부 뿌리째 뽑혀 쓰러지거나 무참히 부서져 있었기 때문이다. 그것은 다름 아닌 예전 홍청, 망청이 창식을 전개한 흔적이었다.

태음검존이 뒤이어 말을 보탰다.

"이곳을 방문한 적을 향해 모종의 무공을 구사한 여파이리라 짐작됩니다. 이 정도 공력을 발휘할 정도라면……."

나안걸태가 돌연 그 말꼬리를 잘랐다.

"예상대로 우리의 기척을 느끼고 마중을 나와 있군."

그 역시 검무영과 마찬가지로 절륜한 기감을 통해 청풍검문 문도들 기척을 감지한 모양이었다.

잠시 후.

전방 저 멀리에 검무영, 운몽향아을 비롯한 청풍검문 일동이 커다란 철문을 등진 채 좌우로 길게 펼쳐 선 모습이 시야에 담겨 들었다.

작도존이 날카로운 안광을 토하며 입꼬리를 올렸다.

"몇 명을 제외하면 대단할 것도 없는 전력이군. 생각보다 쉽게 끝날 것 같다."

곁의 태음검존 역시 같은 생각이었다.

"그렇지, 황룡의 신검을 가진 젊은 검수만 죽이면 될 일."

양 진영의 거리가 조금씩 좁혀지던 중 나안걸태의 동공이 기이한 빛을 뿜었다.

"재미있는 사내로군."

등 뒤쪽에 자리한 친위대 원무삼검령 역시 비슷한 반응이었다.

그 이유는 하나.

무리의 가운데 자리한 검무영으로부터 아무런 기도를 느낄 수 없었던 탓이다.

강한 건지 약한 건지, 내공을 운용해 기감을 아무리 돋워도 파악하기가 힘들었다. 그동안 온갖 고수와 상대해 봤지만 이런 경우는 처음이었다.

태음검존이 짐작이 간다는 투로 말했다.

"황룡의 신검이 가진 신력이 그 일신의 기도를 읽을 수 없게끔 방해하는 듯싶습니다."

나안걸태는 이내 눈빛을 갈무리했다.

"두고 보면 알 터."

서로의 간격은 어느덧 오 장 남짓.

약속이나 한 것처럼 새외 무인들 모두 체외로 무형의 투기와 살기를 개방했다. 그러자 안 그래도 차가운 아침 공기가 한층 싸늘하게 가라앉았다.

하연설을 비롯한 일동은 머리털이 쭈뼛 서는 느낌에 본능적으로 목을 움츠렸다.

'이전의 무리와 느낌이 달라.'

그녀는 예전 전검존이 오십여 명의 철의단을 이끌고 왔을 때와 지금 눈앞에 나타난 새외 무리의 기도가 판이하다는 생각이 들었다.

가장 큰 이유는 선두에 선 검림지존 나안걸태와 바로 뒤쪽에 피풍을 뒤집어쓴 원무삼검령 때문이다.

휘하의 다른 무인들 또한 예전 검무영의 손에 죽임을 당했던 전검존과 비슷하거나 그 이상의 무위를 가진 것처럼 보였지만, 나안걸태와 원무삼검령의 존재감이 유독 컸다.

딱히 위협적인 기운을 내뿜는 것도 아닌데 거대한 산맥에 의해 사방이 가로막힌 듯한 기분. 뭐랄까, 예전 전검존이 신검의 힘을 개방했을 때 느꼈던 가공할 존재감이 무한대로 증폭한 듯한 기분이었다.

당능통은 속으로 감탄했다.

'허어, 대단하다. 마치 효악의 그것을 연상시키는구나. 필시 저자가 우두머리일 터. 아직 어떤 무공도 펼치지 않은 상태인데 저 정도라면⋯⋯.'

그 순간 검무영이 묵필을 뽑아 들었다.

뒤이어.

쾌속하게 횡으로 휘둘러지는 붓대.

슈아아아아아아아앗—!

요란한 파공음과 함께 시커먼 곡선이 전방으로 퍼져 나갔고.

쿠아아아아아앙!

지축을 흔드는 굉음이 터지며 먼지구름이 사납게 비산했다.

검무영의 참격은 적이 아닌 지면 위에 기다란 선을 새겨 넣었다. 그와 동시에 새외 무리도 일제히 그 자리에 우뚝 멈췄다.

"거기까지."

입술을 비집고 나오는 무심한 목소리.

그렇게 말한 검무영이 기다란 붓대를 어깨에 척 걸치며 좌수를 흔들자 시야를 가리던 먼지구름이 무형지기에 의해 모조리 걷혀 사라졌다.

작도존, 태음검존 등 상위 고수 수십 명은 저도 모르게 병기를 움킨 상태였다.

'빠르다. 확실히 여느 고수와 달라.'

반면 원무삼검령은 피풍 위에 내려앉은 먼지를 가볍게 털며 아무런 반응도 보이지 않았다.

물론 나안걸태 역시도.

"훌륭한 참격이로다."

그러면서 자신이 선 자리로부터 몇 발짝 앞의 지면에 있는 일참(一斬)의 기다란 흔적을 눈동자에 담았다.

질세라 검무영이 심드렁하게 대꾸했다.

"잠깐 대기해. 올 사람이 있으니까."

"……."

"그 선을 넘으면 죽어."

순간 나안걸태가 우수를 들어 까딱했다. 그 수신호에 사
십 대 검수 한 명이 즉각 외쳤다.

"존명!"

새외 북방 혈사검부(血沙劍府)의 수장, 혈심검존(血沁劍
尊)이다.

스르릉.

발검과 함께 혈심검존이 지면을 박찼다.

팟!

오랜 사막 생활로 단련한 일신의 공부를 대변하듯 더없
이 날렵한 운신인데.

동시에 청풍검문 무리 중 한 명이 그런 혈심검존의 정면
으로 쇄도한다.

운몽향아였다.

극성 수위의 초상비로 단숨에 거리를 압축한 그녀가 우
수를 휘둘렀다.

그 손속을 따라 움직이는 시뻘건 그림자, 그리고 막대한
공력.

'엇!'

흠칫한 혈심검존이 자신의 옆구리를 노리는 주격을 방어
하고자 혈사검부의 신물인 혈정검(血晶劍)을 기울인 찰나.

쩌어어엉, 퍼어어억!

무참히 부서진 검날과 함께 혈심검존의 신형이 육중한 포탄에 맞은 것처럼 옆으로 튕겨 날아가 고목을 쿵! 처박곤 바닥에 쓰러졌다.

고요함에 잠긴 장내.

"……!"

미동이 없다.

그대로 즉사한 모양이다.

운몽향아가 시뻘건 주걱을 쓰다듬으며 말했다.

"호홋. 넘지 말라면 좀 넘지 말아요. 그러니까 다치잖아요."

직후.

츠츠츠츠츠…….

주걱 머리 부분의 좌우로 큼직한 파초 잎 형태의 부채 날개가 위용을 드러냈다.

그것을 본 새외 무인들 중 몇 명이 경악의 소리를 토했다.

"억! 설마…… 마운파초선(魔雲芭蕉扇)?"

"이럴 수가! 저, 저 여인이 전대 강호의 전설인 파초대마후란 말인가!"

운몽향아가 아름다운 눈을 반짝이며 고혹적인 미소를 머금었다.

"어머나, 잘 아시네요. 이 마운파초선은 내가 활약할 당시 강호 최고의 신병이라 불렸던 물건이랍니다. 아마 황룡의 신검은 교두님께서 선뜻 내주시지 않을 거예요. 대신 이거라도 가질래요? 물론 날 죽여야 가능한 일이지만…… 오호홋."

찰나 마봉이 환하게 웃으며 중얼거렸다.

"너희는 이제 좆된 거야."

단숨에 기선을 제압한 운몽향아의 초절한 무위에 초등생들은 너 나 할 것 없이 두 주먹을 불끈 쥐며 속으로 환호성을 질렀다.

특히, 표국으로 차출된 잠영단을 제외한 나머지 하급반 인원은 그녀의 활약을 보자마자 무공 성취에 대한 열망이 다시금 치밀어 오르기 시작했다.

'아아, 과연 우리는 언제쯤 정식 수업을 받게 되는 걸까?'

새삼 흑사당 출신의 상급반이 그렇게 부러울 수 없었다. 아니, 당장 청풍표국의 쟁자수로 발령된 잠영단 출신 일백여 명만 하더라도 부러움의 대상이나 마찬가지였다.

명색이 무인이 표국의 짐꾼을 부러워한다?

여느 문파의 사람이라면 손가락질하며 비웃었을 일이다. 하나 그것이 청풍검문 산하 표국의 경우라면 이야기가 달랐다.

쟁자수가 뭐 어때서?

짐꾼이든 뭐든 간에 표국의 구성원의 면모 자체가 어지간한 문파는 함부로 넘보지도 못할 수준인데.

과거 사천성 사파 최강의 무인으로 명성을 떨친 혈수검왕 신율, 그리고 동시대에 귀주성을 주름잡은 검륜수사 백리대약, 기실 이 두 사람이 있는 것만으로도 청풍표국의 전력은 사천성 내의 유명 무문과 맞먹는 수준이라 할 수 있다.

게다가 두 노고수는 최근에 일신의 공부마저 장족의 발전을 이뤘다.

백리대약은 삼화취정을 이룬 것에 더해 사문인 명천검파의 조사 검군자가 남긴 부용성군검의 마지막 요체를 완벽히 자신의 것으로 만들었고, 신율 역시도 관궁의 가르침 속에 숨어 있던 일련의 요체를 파악하고서 운몽향아의 괴상망측한 도움을 받아 내공 수위가 급격히 상승했잖은가.

열일곱 명의 표사도 그렇다.

질풍삼살 하후씨 삼형제, 날인백정 비류진, 귀검자 모관, 단혼검 방오, 묵향객 철형, 암향오검 해씨 오형제 등등 다들 한때 지역 내 손꼽히던 칼잡이 출신으로 지금은 청풍검결을 깨우쳐 일류 반열의 정파 검수로 탈바꿈했다.

국주, 표두, 표사, 그 모두가 고수의 면모를 갖추고 있으니 한낱 쟁자수로서 활동한다고 해도 어느 누가 감히 함부로 무시할 수 있으랴.

심지어 귀보신기 곡혼량을 비롯한 잠영단 출신 전원은 신율과 백리대약의 가르침을 받기로 되어 있으니 그들 또한 시간이 흐르면 일정 수준 이상의 고수가 될 것임이 틀림없으니.

더욱이 곡혼량의 경우 원래부터 사파의 이름난 고수 중 한 명이었기에 차후 표사로 승직될 가능성도 컸다.

이내 냉혈대부 오호강, 타락검승 엽굉, 추운도랑 방숙을 비롯한 초등생들 모두 조용히 검무영의 뒷모습을 응시했다.

어떻게든 교두님께 무공을 배우고 싶다! 그런 갈망의 표정들.

'이대로 시간이 흐르면 흐를수록 쟁자수들과 무위 격차가 더욱더 크게 벌어질 거야! 적어도 입문 동기한테 뒤처지긴 싫어!'

'비록 재능은 없지만, 그 대신 피나는 노력은 할 수 있다고! 이미 각오했어! 그러니까 제발…….'

반드시 검무영이 아니라도, 또한 검술이 아니라도 어떤 것이든 닥치는 대로 배우고 싶은 심정이었다. 그래서 여느

제자와 마찬가지로 사문에 보탬이 되는 무인이 되고 싶었다.

한편으론 지난 삶에 대한 반성도 들었다.

우리는 왜 그동안 현실에 안주하고 무공에 대한 성취를 포기해 버렸던 걸까? 라고……

만약 검무영을 통해 이곳에 강제로 입문하지 않았다면 여전히 타성에 젖은 채로 살았으리라.

이렇듯 놀랍고 새로운 무도의 경지를 눈으로 보고 배우며 강호 무림이 넓다는 그 말의 참된 의미를 깨닫지 못한 채 고만고만한 사파 무인으로서 지내다가 생을 마감했으리라.

바로 그때.

"머지않아 수업을 받게 될 테니 두 눈 똑바로 뜨고 싸움 구경이나 하고 있어."

그렇게 이른 검무영은 여전히 전방에 고정시킨 시선을 움직이지 않고 있었다.

초등생 하급반은 그 말에 저마다 눈을 초롱초롱 빛내며 반색했다. 그러다가 곧…… 반신반의하는 눈빛을 흘렸다.

예전 천금각, 잔혼각 패거리와 일전을 치르고 났을 때도 방금 전과 비슷한 말을 들었기 때문이다.

그들은 서로 시선을 교환하다가 이내 한숨을 푹 쉬었다.

'하기야…… 우리가 뭘 어쩌겠어.'

인제 와서 괜히 의심하는 기색을 보이면 무슨 봉변을 당할지 모른다.

어차피 검무영의 말을 따를 수밖에 없는 처지이니 그냥 잠자코 있는 게 상책이었다.

한편.

나안걸태는 놀라운 무위를 펼쳐 보인 운몽향아를 바라보다가 나지막이 물었다.

"그대가…… 정말로 파초대마후인가?"

그러자 운몽향아가 왼손 검지로 머리카락을 배배 꼬며 어깨를 으쓱였다.

"왜요? 너무 예뻐서 눈을 못 떼겠어요?"

그것을 본 마봉이 속으로 발끈해 외쳤다.

'으윽, 끼 부리지 마시오! 운몽 소저! 내가 이렇듯 두 눈 시퍼렇게 뜨고 있는데…….'

찰나 선우경리가 의미심장한 표정으로 속삭였다.

"하 사저, 영양사님께서 싸움에 임하시는 태도가 확실히 지난번과 사뭇 달라요."

그러자 하연설이 고개를 끄덕인다.

"맞아. 영양사님께서 저렇듯 초반부터 마운파초선을 드러내 보이셨다는 것은…… 적의 전력이 그만큼 방심할 수 없을 정도로 강하다는 의미가 아닐까?"

그렇지만 적전제자들 중 어느 누구도 불안함을 보이지 않았다.

운몽향아와 검무영에 대한 믿음.

그동안 그 두 사람의 끝을 알 수 없는 무력을 직접 봐 왔기 때문이다.

나안결태가 돌연 희미한 미소를 머금었다.

"파초대마후라…… 훗, 참으로 흥미로운 곳이군. 청풍검문."

동시에 검무영이 무표정하게 말했다.

"더 흥미롭게 만들어 줄까?"

그는 어깨에 걸치고 있던 묵필을 한 바퀴 돌려 거꾸로 쥐곤 그 붓대의 끝을 지면에 쑤셔 박아 똑바로 세웠다.

뒤이어.

취리리리리릿—

저절로 밧줄처럼 기다랗게 꼬인 붓털.

그러기가 무섭게 시커먼 연기가 뭉게뭉게 피어 감돌더니 순식간에 자취를 감췄고 예의 붓털은 칼자루로 변했다.

검무영이 검지로 칼자루 끝을 톡톡 두드리며 일렀다.

"이게 바로 너희가 원하는 황룡의 신검이지."

그 놀라운 광경 앞에 새외 무인들 눈동자 위로 작은 파문이 일었다.

'허어, 형태를 바꾸는 신물이라니……!'

'이제껏 수많은 신병이기를 봐 왔지만 저러한 것은 난생 처음이구나!'

잠시간 붓대의 칼자루를 응시하던 나안걸태가 다시 운몽 향아 쪽으로 고개를 돌렸다.

"파초대마후…… 혹 너희 손에 죽은 전검존의 실력을 기준으로 삼아 우리의 힘을 판단한 것이라면 그것은 명백히 오판이니라."

"홋, 글쎄요."

운몽향아가 여유롭게 말을 받은 찰나.

저편에 쓰러져 있던 혈심검존이 갑자기 신형을 일으켜 세웠다. 그 모습을 본 하연설, 단선후 등 청풍검문 문도들 표정이 경악의 빛으로 물들었다.

'헉! 주, 죽은 게 아니었어?'

두 눈을 동그랗게 뜬 검무영이 휘파람을 불며 감탄했다.

"휘유, 제법이군. 일격을 맞는 순간에 전신의 공력을 한 곳으로 모아 심맥을 보호했나?"

혈심검존은 좌수로 자신의 입가의 묻은 선혈을 훔치며 우수에 들린 부러진 칼을 가볍게 휘저었다.

우웅.

짧은 떨림과 함께 물결처럼 번져 나오는 핏빛 기류.

바닥 여기저기에 깨져 흩어진 칼날 조각이 둥실 떠올라 일제히 이끌리더니 칵, 칵, 칵! 소리를 내며 저절로 조립되었다.

혈정검의 칼날 조각은 부서진 상태 그대로 견고하게 달라붙어 마치 자잘한 거미줄을 새겨 놓은 것 같았다.

혈심검존이 입꼬리를 씰룩 올리고.

"크큭. 내 몸속의 피가 마르지 않는 한…… 혈정검은 끊임없이 복원되지."

순간 운몽향아의 안광이 싸늘히 가라앉았다.

"어머, 그래요? 설명 고마워요."

파핫!

지면을 박찬 그녀의 교구가 눈 깜빡할 사이 상대 앞에 이르렀다.

혈심검존도 즉각 반응해 우수를 쭉 내질렀다.

핏빛 기류를 머금은 검극.

쐐애애애액!

파공음이 터지나 싶더니 곧 파차앙! 하는 따가운 소리와 함께 검극이 우뚝 정지했다.

찢어질 듯이 확장되는 혈심검존의 두 눈깔.

'아니!'

운몽향아의 좌장 중심에 맞닿은 칼끝을 본 까닭이다.

고강한 검기를 실은 칼을 맨손으로 막다니!

놀란 혈심검존이 서둘러 검극을 회수하려 들었지만 꿈쩍도 하지 않았다.

'웃……! 이게 무슨…….'

그 순간 운몽향아의 교구로부터 어마어마한 무형지기가 발출되어 혈심검존의 어깨를 짓눌렀다.

쿠우우우우우우…….

방원 십 장의 지면이 흔들리며 그 육중한 기운의 위력을 대변한다.

"커헉!"

끝내 무릎을 꿇은 혈심검존이 고개를 숙이며 각혈했다.

이내 운몽향아의 입가에 더없이 화사한 미소가 맺혔다.

"자꾸 그렇게 설치면…… 오랜 시간 억눌렀던 제 본모습이 나와 버리잖아요."

마운파초선으로부터 구름 같은 녹색 기류가 뿜어져 나오더니 그대로 혈심검존의 신형을 휘감았다.

"끄아아아, 끄아아아아……!"

살은 물론이고 뼈까지 녹아내리며 형언하기 힘든 고통을 선사한다.

예전 천금각을 상대로 펼쳤던 가공할 기예.

이른바 염열독공.

그렇게 혈심검존의 육신은 형체조차 없이 말끔히 녹아 사라졌고 주인을 잃은 신물 혈정검은 재차 조각조각 부서졌다.

작도존, 태음검존 등은 그 광경을 눈에 담으며 기이한 전율을 느꼈다.

'과연 옛 명성이 헛되지 않았구나! 파초대마후!'

운몽향아가 마운파초선으로 팔락팔락 부채질을 하며 새외 무인들 쪽으로 눈길을 던졌다.

"설마 또 선 너머로 발을 내디딜 사람이 있나요?"

그때 나안걸태가 가만히 입을 열었다.

"안타깝지만 그 정도로는 본좌의 의지를 꺾기 힘들 것이야."

별안간 그의 뒤쪽에 선 원무삼검령 중 한 명인 비무검령(飛舞劍靈)이 피풍을 펄럭이며 경공술을 전개했다.

파파파파파파—!

가히 질풍 같은 운신.

단숨에 간극을 좁힌 비무검령의 칼날이 정면에 선 운몽향아의 옆구리를 노렸다.

슈아아아아앗!

그녀가 신속히 마운파초선으로 방어했지만 상대의 검력

은 가공스러웠다.

퍼허엉!

요란한 폭음과 함께 무수한 아지랑이가 공기 중으로 펴졌고, 운몽향아의 신형이 대나무가 휘듯 크게 휘청거렸다.

비무검령은 곧바로 검극을 내찔렀다.

푸우욱—!

복부를 깊이 파고든 칼날.

"커…… 허……!"

신음을 흘린 운몽향아가 불신 가득한 표정으로 손에 쥔 마운파초선을 바닥에 툭 떨어뜨렸다.

하연설을 비롯한 청풍검문 문도들 모두 미처 예상치 못한 광경에 머릿속이 새하얗게 텅 비고 말았다.

관궁에 못지않은 전대 무림 최강의 여고수가 상대가 뿌린 단 한 번의 검력에 밀려 균형을 잃고 허점을 드러내 몸을 꿰뚫리다니, 눈으로 보고도 도저히 믿을 수 없는 일이었다.

"우, 운몽 소저! 으아아아! 이 개새끼들……."

분노한 마봉이 앞뒤 안 가리고 돌진하려는 찰나 한 인영이 비무검령의 등 뒤로 쇄도하며 종단의 기세로 검을 내리그었다.

쐐애애애애애액!

다름 아닌 검무영이었다.

비무검령은 신형을 선회하며 그대로 검을 올려 쳤고, 한 줄기 금속성과 함께 검무영이 십 보 뒤로 튕겨 나갔다.

절대 믿을 수 없는 광경의 연속.

천하의 검무영이 상대의 힘에 밀리는 모습을 보게 될 줄은 몰랐다.

검무영이 잽싸게 균형을 잡고 몸을 추슬러 세운 순간 비무검령의 칼날은 어느새 오른쪽 어깨 위로 바싹 와 닿아 있었다.

츄하아악—!

섬뜩한 음향과 함께 잘려 나가는 팔.

비무검령은 비릿한 조소를 머금으며 검날 위로 막대한 기류를 피어 올렸다.

"어리석은 중원 놈들. 겨우 그 정도 실력으로 지존의 행보를 막을 수 있으리라 여겼더냐."

그때였다.

팔뚝이 잘린 검무영과 복부를 꿰뚫린 운몽향아가 아무렇지 않다는 양 무표정한 얼굴로 똑바로 섰다.

'이게 무슨……'

흠칫한 비무검령이 신속히 뒤로 간격을 벌렸다.

그 직후.

검무영과 운몽향아가 예의 조소를 되돌려 주듯이 입매를 비틀며 싸늘한 미소를 그렸다.

별안간 비무검령의 귓전으로 어떤 목소리가 가만히 와 닿았다.

"겨우 그 정도 실력으로 황룡의 신검을 빼앗겠다고?"

장내 인원 모두 음성이 들린 방향으로 시선을 옮기자 또 다른 검무영이 여유롭게 뒷짐을 지고 서 있는 것이 보인다.

'교, 교두님?'

하연설은 너무 놀란 나머지 그 자리에 목석처럼 굳어 버리고 말았다.

다른 문도들 반응도 마찬가지.

어느 누구보다 가장 큰 충격을 받은 사람은 다름 아닌 비무검령이었다. 그는 자신의 좌측에 일 장 거리를 두고 자리한 검무영을 발견하자마자 머릿속이 마비되는 기분이었다.

두 눈동자에 출렁이는 의혹과 불신의 물결.

새로운 검무영의 등장으로 인해 심상이 뒤엉키며 판단마저 흔들린다.

별안간 두 명의 검무영 주위로 새하얀 기류가 구름처럼 확! 퍼지더니 그로부터 일백여 명의 그림자가 어른거렸다.

비무검령은 한층 더 큰 충격에 휩싸였다.

'저럴 수가!'

검무영, 검무영, 검무영, 또 검무영…… 그 수백 명 모두가 검무영과 똑같은 외형이었기 때문이다. 게다가 오른팔이 통째로 잘려 나갔던 검무영은 어느새 원상회복까지 한 상태였다.

뒤이어 운몽향아가 선 자리 주변도 희뿌연 기류가 일며 그 속에 무수한 사람 그림자가 어른거리더니 그녀와 동일한 모습으로 화한다.

비무검령은 검을 고쳐 쥐며 고함쳤다.

"이깟 사술(邪術) 따위!"

동시에 무리를 이룬 검무영과 운몽향아가 일제히 지면을 박차고 비무검령의 전후좌우를 노려 사납게 쇄도해 들었고.

파파파파팟……!

이를 윽문 비무검령이 발작적으로 신형을 한 바퀴 돌리며 검을 세차게 그었다.

극성의 공력을 실은 원형의 검기.

그 날카로운 궤적에 의해 수십 명의 검무영과 운몽향아의 허리가 절단되었지만 사위를 겹겹이 감싼 돌진은 멈추지 않았다.

베고 또 베도 끝이 없는…….

"으아아아!"

기가 질린 비무검령이 이마에 핏대를 세운 채 궁극의 검식을 전개하려는 찰나 웅대한 전성이 공간을 울렸다.

『훌륭한 솜씨로군.』

　그 순간 장내 사람들 시야에 담겨 든 공간 전체가 투명하게 일그러지며 빙글빙글 돌더니 곧 가루처럼 흩날렸다.

　주변 풍경은 변한 게 없었다.

　단지 수백 명으로 화했던 검무영과 운몽향아만 자취를 감췄을 뿐.

　'어?'

　하연설 등은 어리둥절한 눈빛을 띠며 다시 원래대로 한 명이 된 검무영과 운몽향아를 번갈아 살폈다.

　시간을 되돌린 걸까?

　검무영은 아까처럼 문도들 전면에 등을 보이고 있었고, 운몽향아도 예의 혈심검존이 죽어 없어진 자리에 머문 채로 팔락팔락 부채질 중이었다.

　앞서 적이 쇄도해 압도적인 무위를 펼치기 직전에 보았던 광경 그대로…….

　정작 비무검령은 바닥의 선을 넘어 불과 열 걸음 남짓 나아간 곳에 오롯이 선 채로 검을 움키고 있었다.

이내 비무검령이 자기 진영으로 고개를 뒤돌려 나안걸태와 시선을 마주했다.

"지, 지존……!"

"보기 좋게 속았구나."

나안걸태의 말에 비무검령은 비로소 깨달았다. 방금 전의 불가해하던 일련의 장면이 상대가 만들어 낸 환상이었음을. 또한 그 시전자는 검무영이 아닌 운몽향아란 사실도 어렵지 않게 유추해 냈다.

그도 그럴 것이 파초대마후는 강호 활동 당시 네 가지의 고절한 기예로 명성을 떨쳤고, 그중 하나가 바로 환술이었기 때문이다.

"죄송합니다. 못난 꼴을 보이고 말았습니다."

"수치스럽게 여길 것 없다. 어차피 본좌를 제외한 모두가 현혹되었으니까."

"그, 그런……."

비무검령은 일순 척추를 타고 오르는 기이한 전율을 느꼈다.

'장내 인원이 몇인데…… 이들 전부를 미혹시켰단 말인가?'

가히 추측 불가한 경지의 환술.

과거에 환술의 종가라 불린 사도 세력 배교(拜敎)가 파초대마후 한 명을 감당하지 못하고 멸문지화를 당했다는 소문이 어쩌면 사실일 수도 있겠다는 생각마저 들었다.

그러다가 문득 큰 의문점이 똬리를 틀었다.

'도대체 언제 암시를……?'

무릇 환술을 시전하기 위해선 상대의 눈길을 잡아 끄는 모종의 암시 동작이 필요하고, 지금처럼 감각과 정신을 지배할 만큼 강력한 환술 같은 경우는 막대한 내공까지 필요로 해 시간이 걸리는 법인데.

그 마음을 읽은 듯 나안걸태가 일렀다.

"부채질."

비무검령을 속으로 감탄하며 침음을 흘렸다.

'크음, 그랬구나.'

그토록 짧은 시간 동안에 한낱 부채질 동작만으로 암시를 걸었을 줄은 예상도 못 했다.

돌연 저편의 운몽향아가 까르륵 웃으며 나안걸태 쪽으로 눈길을 던졌다.

"실력이 대단하네요. 전성에 깃든 음력만으로 내 환술을 깨뜨리다니……."

그제야 하연설을 비롯한 청풍검문 일동도 어떻게 된 일인지 이해가 갔다.

'뭐야, 환술이었어?'

일제히 안도의 한숨을 내뿜는 가운데 하연설이 뾰족한 목소리를 토했다.

"진짜…… 십년감수했잖아요! 흑……."

직후 새하얀 뺨을 타고 흐르는 눈물방울.

아름다운 얼굴 위로 이내 원망의 빛이 감돈다.

"난 진짜로 다친 줄 알고…… 흐흑."

그녀의 울먹이는 목소리 속에 담긴 따뜻한 진심이 주변 사람들 가슴을 조용히 흔들어 놓았다.

덩달아 마봉도 글썽글썽 눈물 괸 눈으로 고개를 끄덕이고.

"저 역시도……."

앞서 운몽향아가 정말로 적의 손속에 당한 줄로 알고 분노하고 또 절망했는데, 그 잠깐의 복잡한 감정이 더없이 큰 희열감으로 화해 흉중을 가득 채우고 들었다.

다른 문중 제자들 역시도 비록 눈물을 보이진 않았지만 두 사람과 똑같은 마음이었다.

운몽향아의 시선이 거리를 격해 마봉의 얼굴 위로 머무른다.

"제가 설마하니 서방님을 두고 죽을 줄 아셨어요?"

울컥한 마봉은 잽싸게 소맷자락으로 눈가를 닦으며 머리를 좌우로 흔들더니 그 어느 때보다 밝게 웃었다.

"절대 아니오! 믿고 있었소, 소저!"

"피, 거짓말은."

애교스럽게 입술을 삐죽인 그녀는 곧 넋이 나간 표정을 짓고 있는 당능통을 가만히 보았다.

『후훗. 정비사는 이미 내 환술을 한 번 겪어 보았잖아요.』

전음을 들은 당능통이 두 눈을 휘둥그렇게 떴다.

'뭣? 내가? 아니, 언제……?'

순간 그의 뇌리로 일전에 운몽향아가 들쥐를 닮은 약을 가져다주었던 일이 떠올랐다.

'허어, 그때 그것도 환술이었구나!'

환술을 이용한 일종의 짓궂은 장난이었던 셈. 그렇지만 화가 나기는커녕 감각을 완벽히 교란시킨 그녀의 실력이 감탄스러울 따름이었다.

반면 검무영은 전방에 시선을 고정한 채 눈길조차 주지 않았다.

그저 짤막한 한마디 말만 던졌을 뿐.

"때맞춰 왔군."

직후 가까운 허공으로부터 들리는 소리.

"멍, 멍."

중인이 일제히 위쪽으로 고개를 들자 개새가 육십여 명

의 평제자를 주렁주렁 매단 채 쾌속하게 떨어져 내리는 것이 보였다.

일순 새외 무리의 표정이 기이하게 일그러지고.

'개…… 개가 허공을 날아?'

막상 보고도 믿기지 않는 충격적인 광경이었다.

"조, 조교님! 제발 천천히, 천천히……!"

"으히이익! 무, 무섭다고!"

"이러다가 땅에 그대로 처박히겠어! 으아, 떨어진다!"

평제자들 아우성과 함께 개새는 곤두박질치며 추락하듯 지면 위에 쾅! 하고 착지했다.

데굴데굴, 데굴데굴…….

하강의 충격에 의해 평제자들 모두 바닥을 세게 나뒹굴며 저마다 괴로운 신음을 흘렸다.

"크윽, 아이고……."

"욱……! 허…… 허리가 나간 것 같아."

"어흐, 난 발목이……."

그러기가 무섭게 저 멀리로부터.

파파파팟, 파파파파파팟—!

웬 풍성이 울리나 싶더니 자그마한 인영 하나가 정문과 이어진 담벼락 모퉁이를 쾌속하게 돌아 나와 검무영이 있는 우측에 우뚝 멈춰 섰다.

눈 깜짝할 새에 이뤄진 쾌속한 운신.

바로 관궁이다.

동시에 당효악과 흥청, 망청도 차례로 나타나 그 옆에 자리했다.

호흡을 고른 관궁이 대뜸 투덜거렸다.

"젠장! 망할 개 놈의 새끼한테 지다니……."

질세라 개새가 짖는다.

"멍, 멍멍."

암만 용을 써도 내가 더 빨라! 라는 의미일까.

"큭…… 닥쳐!"

인상을 찌푸리던 관궁이 이내 전방 오 장 거리에 서 있는 나안걸태의 자태를 눈동자에 담았다.

"내가 이 순간만을 기다렸지."

그런 다음 옆에 있는 검무영을 힐긋 보며 나지막이 말했다.

"훗, 용케 안 베고 참았군?"

"널 위한 무대이기도 하니까."

무표정한 대꾸에 관궁이 킥킥! 웃더니 광속신황검을 뽑아 들었다.

어느새 곁으로 온 운몽향아가 옥안을 동그랗게 만들며 물었다.

"어머나, 그 칼 혹시 광속신황검인가요?"

"그래."

"어떻게 찾으셨어요?"

"쯧! 말하자면 길어."

그때 묘장부인 단목채원, 삼절신편 휴경을 비롯한 당가의 고수진도 모습을 드러냈다.

검무영을 중심으로 관궁, 운몽향아, 당효악 등 청풍검문과 진천당가를 대표하는 강자들이 병풍처럼 도열한 그 위용은 뭐라 형언하기 힘들 정도로 믿음직스러웠다.

뒤편의 양욱은 저도 모르게 주먹을 불끈 쥐며 중얼거렸다.

"후우, 머리털이 쭈뼛 서는 전율이 몸을 휘감는군. 파천신군까지 합류하다니…… 이건 절대로 질 수 없는 진용이야. 안 그렇습니까, 사형들?"

과묵한 단선후가 고개를 끄덕인 찰나 마봉이 피식 웃으며 말을 받는데.

"대머리 주제에 머리털이 쭈뼛 서기는 무슨."

그러자 양욱이 속으로 발끈했다.

'큭, 말이 그렇다는 거지! 어휴, 내가 언젠가 저 새끼 콧대만큼은 반드시…….'

하나 곁에 있던 선우경리가 참으라는 듯 어깨를 토닥이

자 금세 낯빛이 풀리는 그다.

관궁이 신형을 한 발짝 앞으로 옮겨 서며 검극으로 나안
걸태를 가리켰다.

"반로환동을 이뤘어도…… 예전 모습이 상당 부분 남아
있구나."

순간 나안걸태의 두 눈이 이채를 발했다.

"날 아는가?"

"알다마다. 크흣. 설마 이제 와서 사종검황이란 별호를
모른다고 지껄이진 않겠지?"

그 말에 새외 무인들 모두 동요의 눈빛을 내보였다.

'파초대마후도 모자라 사종검황까지 나타나다니, 이곳
은 도대체…….'

나안걸태가 비로소 칼자루를 움켰다.

"광선검존으로부터 모든 이야기를 들은 모양이군."

스르릉.

한 줄기 검명과 함께 검무태상의 신물 신무화령검이 날
카로운 신형을 드러낸다.

이어지는 짧은 명령.

"신력을 개방하라."

그에 원무삼검령과 태음검존, 작도존 등 새외 고수진이
일제히 신병이기를 뽑아 들었다.

쿠르르르르릉…….

막대한 무형지기가 발출되어 한데 어우러지자 대기와 지면이 사납게 진동했고, 그 기파에 의해 주변 경물이 마구 비틀려 보였다.

비무검령을 시작으로 다들 신병이기의 힘을 빌리자 일신의 기도가 바뀌었다. 그저 가만히 서 있는 것만으로도 더없이 위협적이었다.

원무삼검령의 수좌인 난무검령(亂舞劍靈)이 뒤로 손짓을 보내자 이천여 명의 휘하 무인이 각자 병기를 꺼내며 짙은 살기를 토했다.

어마어마한 압력이 청풍검문 문도들 쪽을 노려 덮치자 관궁, 운몽향아, 당효악 등이 마주 무형지기를 발산해 그것을 모조리 차단시켰다.

쿠구구구궁…….

한데.

검무영은 아직 어떠한 기운도 내뿜지 않고 있다.

마침내 그가 조용히 입을 열었다.

"정식으로 소개하지. 난 본 문의 교두 검무영이다."

나안걸태의 동공이 일순 빛을 뿜고.

'검무영……?'

생소한 이름이다.

그때까지 하연설은 눈물을 흘리고 있었다.

그래도 일문의 대사저답게 입술을 꽉 깨문 채 아무런 소리도 내지 않고 격정을 누르기 위해 노력했다.

"연설."

검무영의 호명에 하연설의 어깨가 움찔 움직였다.

"……네, 교두님."

의연하게 대답하고 싶었지만 목소리 끝이 떨리는 것은 어쩔 수 없었다.

직후 검무영의 우수가 칼자루를 검쥔다.

사아악.

햇살을 반사시키는 칼날 위로 등 뒤편에 선 하연설의 얼굴이 비쳤다.

"눈물 닦아. 그리고 두 눈에 잘 새겨 둬."

"……."

"지금부터 우리가 보여 줄 것이 바로 청풍검문의 미래이니까."

우우우웅—

떨림을 발하는 검날로부터 폭사된 찬란한 빛은 순식간에 한 마리 용의 형상으로 변모했다.

나안걸태가 고개를 가볍게 끄덕이자 새외 무리가 지면을 박차고 사납게 돌진했다.

동시에 횡으로 궤적을 그리는 검무영의 검.

슈아아아아아아아아앗—!

섬뜩한 음향을 토한 극쾌의 검기 앞에 새외 무인 삼백여 명의 허리가 무참히 잘려 나가더니 아예 형체조차 없이 미세한 가루로 화해 허공중으로 소멸했다.

가공할 파괴력의 일검.

낯빛이 새하얗게 질린 적은 거짓말처럼 일제히 돌진을 멈췄고…….

검무영이 걸음을 저벅저벅 옮기며 무심한 눈빛으로 말했다.

"뭐해? 싸움은 시작됐어."

단 한 번의 칼질에 의해 전장의 흐름이 바뀌었다.

장내를 눌러 덮은 무거운 정적이 그 사실을 대변해 준다.

새외 무리는 하나같이 말문을 잃었다.

'인세의 무공이 아니다!'

이제껏 경험해 보지 못한 어마어마한 검력.

무려 삼백 명 남짓한 인원이 미처 반격할 틈도 없이 미증유의 검기에 휩쓸려 깨끗이 사라져 버렸다.

각자의 육신은 물론이고 손에 쥐고 있던 병기까지 전부…… 심지어 지면 위엔 사멸의 흔적인 핏물 한 방울조차 남아 있지 않았다.

이 또한 눈속임의 환술이 아닐까, 하는 의문마저 들 정도로 경악스러운 참격이었다.

검무영은 느리지도 빠르지도 않은 걸음으로 간극을 조금씩 좁혀 나갔다.

지면 쪽으로 비스듬히 기운 검날 주위엔 여전히 휘황한 빛을 내뿜는 용이 세차게 유영하고 있다.

스스슷, 스스스슷……

마치 실제 용이 현신하여 살아 꿈틀거리는 듯한 기류는 두 눈에 담는 것만으로 경이로움을 느끼게 만들었다.

새외 무인들 모두 한껏 숨을 죽인 와중에 그 무리 중 한 명이 나지막한 음성을 발했다.

"부, 분명히 황룡이 선사한 신검의 힘을 빌린 것이야. 그렇지 않고서는……"

혼잣소리가 중인의 귀에 또렷이 박혀 든 찰나 검무영은 걸음을 멈추지 않은 채 재차 우수를 빠르게 휘둘렀다.

위에서 아래로 바람을 가르는 검날.

육안에 담지 못할 속도로 내리긋는 수직의 선이 지면을 길게 쪼개며 그 방향 선상에 자리한 적을 노려 쇄도한다.

슈아아아아아아앗—!

그렇게 일직선의 검기는 수십 명의 적을 반으로 갈랐고, 앞서와 마찬가지로 모조리 가루로 만들어 흔적조차 없이 싹 지워 버렸다.

"어억……!"

새외 무인들 사이에 두려움이 번지기 시작했다.

수적 우위 따윈 이미 무의미한 상황임을 깨달은 것이다.

칼을 가볍게 휘돌린 검무영은 전진을 멈추지 않았다. 그로부터 미동조차 할 수 없는 신비로운 위압감이 소용돌이치듯 장내 전체를 휘감았다.

운몽향아가 문득 감탄한 표정으로 중얼거렸다.

"와, 오랜만이네요. 멸절(滅絕)의 용신기…… 교두님께서 설마 저 힘을 이끌어 내실 줄은 몰랐어요."

옆에 있던 관궁이 배시시 웃으며 자신의 키만 한 광속신황검을 어깨에 척 올렸다.

"후훗. 검씨 녀석, 오늘 진심으로 칼을 휘두르기로 작정한 모양이군."

"이러면 저도 진력을 발휘할 수밖에 없겠네요."

운몽향아가 이내 고개를 뒤돌리더니 요염한 미소로 일렀다.

"여러분, 오늘 내가 악랄한 솜씨를 보이더라도 상황이 상황이니만큼 못 본 척해 줘요. 알았죠?"

그러곤 마봉을 향해 한쪽 눈을 찡긋해 보였다.

"쌍! 적당히 해, 할망구! 오늘 이 전장의 주인공은 나라고!"

그 순간.

"멍."

가까이로 온 개새가 꼬리를 좌우로 흔들며 관궁의 얼굴을 빤히 올려다본다.

"뭐, 왜? 어쩌라고? 넌 그냥 여기에 가만히 궁둥이나 붙이고 있어."

"멍, 멍멍!"

"크윽, 추궁과혈 따위 필요 없다고!"

개새가 실망한 표정으로 앙증맞은 귀를 축 늘어뜨리자 관궁이 퉁명스럽게 일렀다.

"문도들 안 다치게 잘 지키고 있어. 그건 아주 책임이 막중한 일이라고. 그러면 검씨가 나중에 특식을 마련해 줄 거다."

그러자 개새가 금세 기분이 좋아져 초롱초롱 눈으로 머리를 끄덕댄다.

"멍멍."

그때 홍청, 망청이 곁에 나타났다.

"꾸웅."

"꾸우웅."

태도로 보아 자기들 역시 쌈판에 끼고 싶다는 눈치인데.

"닥쳐, 이 만두나 밝히는 곰 새끼들! 너희 두 놈도 개새
랑 같이 이곳이나 지켜!"

관궁의 짜증 섞인 대구에 움찔한 홍청, 망청은 머리를 긁
적이더니 곧 정문 옆쪽에 놓인 팻말 꾸러미를 챙겼다.

그것을 본 관궁이 눈살을 구겼다.

"팻말은 왜 챙겨! 이 상황에 문지기 놀이라도 할 셈이
냐?"

홍청과 망청은 서로 시선을 교환하곤 관궁을 바라보며
고개를 끄덕끄덕한다.

"허……."

어이없다는 듯 한숨을 쉰 관궁은 이내 일 장 앞을 지나치
고 있는 검무영을 따라 지면을 박차고 나아갔다. 뒤질세라
운몽향아도 치맛자락을 펄럭이며 보법을 밟았다.

곧이어 당효악을 위시한 진천당가 고수들 또한 신속히
두 사람 뒤를 쫓았다.

별안간 쩌렁쩌렁 울려 퍼지는 전성.

『무엇이 두려운 것이냐? 본좌가 있거늘.』

검림지존 나안걸태였다.

직후 그의 체외로 방대한 내기의 아지랑이가 폭발하듯

번져 나왔다.

쿠우우우우…….

대기와 지면이 한층 크게 흔들린다.

일백 개 남짓한 신검의 신력을 흡수하고 이백여 년의 축기로 쌓아 올린 높은 내공 수위, 그리고 신무화령검까지 손에 쥔 그의 기도는 가히 숨이 막힐 지경이었다.

흡사 거대한 바위산이 치솟으며 하나의 산맥을 이룬 것 같은 무형의 기도.

나안걸태가 드러낸 가공할 위엄 앞에 새외 무리는 비로소 안정을 되찾고 전의를 가다듬었다.

'우리 곁엔 지존이 계신데 무슨 걱정이 있으랴!'

게다가 나안걸태뿐만 아니라 혈맥 개조를 이룬 몸으로 신검의 신력까지 개방해 내공 수위가 급상승한 특기 전력 원무삼검령과 그 휘하의 무의검대(舞衣劍隊) 이백여 명도 있잖은가.

쿠쿠쿠쿠…… 쿠쿠쿠쿠쿠…….

나안걸태가 선 자리를 중심으로 일대 공기가 사납게 떨림을 발했다.

뒤이어 원무삼검령과 무의검대도 저마다 공력을 한껏 이끌어 내자 그 떨림이 한층 더 커졌다.

쿠르르르르릉—!

그들로 말미암아 전장의 흐름이 다시 한 번 바뀌어 균형을 맞추는 순간이다.

태음검존이 문득 품을 뒤져 뭔가를 꺼냈다. 그것은 다름 아닌 시퍼런 빛깔의 작은 환단이었다.

"설마하니 부요환(扶搖丸)을 이토록 빨리 복용하게 될 줄은 몰랐거늘."

부요환은 바로 무적천무단 고유의 영약.

체내에 무수히 존재하는 세맥과 잠맥을 일시적으로 팔 할 가까이 타통시켜 잠재된 힘을 격발시키는 마성의 환단이다.

하나 일정한 시간이 지나면 몸은 다시 원상태가 되고 크나큰 후유증에 시달려 어지간한 일이 아니면 복용을 삼가기 마련인데.

'어쩔 수 없는 선택이다!'

눈을 번뜩인 태음검존은 즉각 부요환을 입 안에 넣어 우물우물 씹어 삼켰다.

일종의 고육지책이었다.

이미 신병이기의 힘을 이끌어 냈지만 부요환의 효능을 빌리지 않고선 검무영을 비롯한 상대 고수진을 제대로 감당할 수 없으리라 판단한 것이다.

그 곁에 있던 작도존을 비롯해 쇄혼림(碎魂林)의 충천검존(衝天劍尊), 숭월파(崇月派)의 월혼검존(月魂劍尊), 석탑검부(石塔劍府)의 거석검존(巨石劍尊) 등등 주요 고수들 역시도 차례차례 부요환을 복용했다.

투툭, 툭, 투툭……

들릴 듯 말 듯 아주 미약한 음향이 연속적으로 터져 나왔다. 부요환의 약효에 의해 세, 잠맥이 차례로 타통되는 소리였다.

일신의 공력은 순식간에 몇 배 이상 증가했고, 기맥을 따라 흐르는 진기의 속도 또한 더없이 빠르게 변했다.

그 광경을 본 나안걸태가 만족스럽다는 눈빛을 흘리며 좌수를 위로 번쩍 든 찰나 원무삼검령 중 하나가 나지막이 말했다.

"지존, 회검대공자가 아직 도착하지 않았습니다."

그렇지만 나안걸태는 크게 신경 쓰지 않는 눈빛이었다.

"곧 당도할 것이다. 어쩌면…… 그가 오기 전에 끝날 수도 있겠지."

이내 그의 좌수가 앞으로 쭉 내뻗쳤다.

"전원 진격하라."

동시에 어마어마한 인원이 투기와 살기를 발산하며 한꺼번에 지면을 박차고 돌진했다.

간격은 어느덧 일 장 남짓.

검무영의 우수에 들린 검이 횡으로 날카로운 궤적을 뿌린다.

멸절의 용신기가 실린 쾌속의 검기는 순식간에 간극을 압축해 전방에 보이던 일백 명의 존재를 깨끗이 지워 버렸다. 비명을 지를 틈 따윈 허용하지 않는 극쾌의 검술이었다.

후방의 새외 무리는 본능적으로 멈칫했다.

애써 끄집어낸 용기인데 다시금 검무영의 가공할 일검을 보자마자 두려움이 고개를 든 것이다.

그사이 운몽향아, 당효악 등도 전장에 합류해 저마다 무공을 펼치기 시작했다. 그렇게 일대 공간은 금세 아수라장이 되었다.

머뭇대는 적을 향해 검무영의 우수가 재차 빠르게 흔들렸다.

파아아아아아—

용의 형상을 한 빛의 기운을 머금고서 수평으로 선을 긋는 검날.

동시에 참격의 표적이 된 인원 앞으로 검수 다섯 명이 불쑥 나타나 일제히 검을 내찔렀다.

칼끝으로 발출되는 백색 검기들.

그렇게 서로의 기운이 맹렬히 맞부딪치자 투명한 기의

잔해가 사방으로 번졌고, 반경 이 장의 땅이 움푹 꺼져 내렸다.

다섯 검수는 각자 손목을 엄습하는 통증에 미간을 찌푸리며 이를 옥물었다.

'크윽! 강하다!'

오 인(五人)의 정체는 숭월파를 대표하는 월혼검존과 그와 똑같이 '존' 의 칭호를 가진 다른 네 곳의 수장이었다.

간발의 차이로 검무영의 검세로부터 목숨을 건진 삼백여 명의 무리는 다름 아닌 그들 오 인 휘하의 전력이라 이렇듯 다급히 구하러 온 것이었다.

월혼검존을 비롯한 그들 손에 들린 검은 새외 북방의 희귀 광물인 백응철(白鷹鐵)로 제작되어 아주 특별한 강도를 자랑했다. 그러나 부요환 복용으로 일신의 공력을 높이지 못했다면 검무영의 참격을 온전히 감당하기 힘들었을 것이다.

그런데 그 순간.

쩌저적, 콰차항—!

다섯 자루의 검이 균열과 함께 무참히 깨지며 가루로 화해 사라졌다.

월혼검존 등은 순간 등골을 훑는 오싹함에 몸을 부르르 떨었다.

"철 쪼가리가 가진 신비지력에 기대지 않고선 싸울 수 없는 것인가?"

물음을 채 끝맺기도 전에 검무영의 검날이 예기를 내뿜었고, 다섯 명의 새외 고수는 그대로 머리가 잘려 나가며 먼지처럼 사라졌다.

곧장 이어지는 종단의 검세.

용의 울음과 같은 파공음이 터지기가 무섭게 일렬을 이룬 팔십여 명의 몸통이 장작처럼 반으로 갈라진다.

그리고 소멸…….

새외 무인들 모두 머릿속이 아뜩해 아무런 반응도 할 수가 없었다.

『본좌가 상대할 것이니 물러서라!』

전성을 터뜨린 나안걸태가 즉각 보법을 펼쳤다.

파핫!

발을 굴리기가 무섭게 그의 신형은 어느덧 검무영 지척으로 육박해 들었다.

불과 이십 보 거리.

그때.

나안걸태 정면에 자그마한 인영이 불쑥 등장해 검을 세

차게 내찔렀다.

쩌거엉!

한 줄기 따가운 쇳소리와 함께.

쿠우우웅, 쩌어어어억…….

육중한 기운을 견디지 못한 지면의 땅거죽이 대패질을 당한 듯 마구 휘말려 치솟았고, 나안걸태와 예의 인영은 각자 오 보 뒤로 후퇴해 섰다.

"역시 기다린 보람이 있어. 키킥."

관궁이 검극을 똑바로 겨누며 소성을 흘리자 나안설태가 처음으로 적나라한 살기를 드러내 보였다.

"사종검황, 안타깝지만 네 문파의 복수는 이루지 못할 것이다."

"웃기고 자빠졌네!"

일갈한 관궁이 그대로 답설무흔을 펼쳐 정면으로 맹렬히 쏘아져 나갔다.

第五章
결착(決着)

파팟.

놀라운 보폭으로 단숨에 거리를 좁힌 관궁이 우수를 빠르게 놀렸다.

후우우웅──

풍성을 앞지르는 쾌속한 찌르기.

복부의 사혈을 노린 검극에 맞서 나안걸태도 검극을 세차게 내민다.

쩌어어어엉, 콰우우우우웅──!

서로의 검극에 실린 장중한 공력이 충돌하자 투명한 기류가 폭발하듯 퍼져 나가며 일대 공간을 사납게 뒤흔들었다.

주변에 있던 새외 무리는 그 거센 여파에 휩쓸릴까 봐 질
겁한 표정으로 일제히 거리를 벌리며 산개했고, 관궁과 나
안걸태의 신형은 강한 반탄지력에 밀려 대여섯 걸음을 후
퇴했다.

거리를 격해 뒤엉키는 두 초인의 눈빛.

똑같이 호흡을 고르고, 똑같이 칼자루를 고쳐 쥐며 다음
합 겨룸을 예고한다.

나안걸태의 입술 사이로 또렷한 음성이 새어 나왔다.

"어린 모습으로 화하며 공력이 진일보했구나."

그러자 관궁이 입꼬리를 당겨 올렸다.

"훗, 그러는 네놈도."

순간 신무화령검의 칼날이 가볍게 떨렸다.

지이이이잉…….

재차 막대한 공력이 주입된 것이다.

관궁 역시 우수에 움킨 광속신황검으로 내력을 집중시켰
다.

바로 그때.

충성심을 발휘한 십여 명의 새외 검수가 내밀한 보법으
로 관궁의 후방을 엄습했다.

슈슈슈슈슈슈슛!

오 보 간격을 두고 십여 개의 칼날을 통해 발출되는 검기들.

동시에 관궁이 신형을 선회하며 오른발로 땅을 강하게 찍어 눌렀다.

꽈아아앙—! 쩌저저, 쩌저저저저저—!

발아래 지면으로부터 부챗살이 퍼지듯 무수한 금이 둥글게 아로새겨지며 육중한 기운이 해일처럼 범람해 돌진한다.

콰콰콰콰콰콰콰—!

순식간에 검기들을 집어삼킨 거대한 기파는 그대로 예의 검수들 신형을 뒤덮쳤다.

"으아아악!"

"끄아아아아아⋯⋯!"

일련의 비명은 굉음에 파묻혔고 해일 같은 기파는 그 후방에 있던 다른 무리까지 휩쓸어 버렸다.

관궁이 밟은 진각은 그렇게 눈 깜짝할 사이에 사십 명을 시신으로 만들며 일대 공간을 시뻘건 핏물로 물들였다.

내공 수위가 절정에 달하지 않는 이상 흉내조차 내기 힘든 가공할 위력의 진각.

돌연 나안걸태의 무심한 음성이 귓전에 와 닿았다.

"나서지 말라고 일렀거늘."

제 수하의 죽음을 보고도 아무런 감흥이 없다는 눈빛인데.

관궁이 재차 몸을 뒤돌려 그를 응시한다.

"참 인정머리 없는 새끼로구나."

"새삼 안타까울 게 있으랴. 검을 쥔 순간부터 죽음은 늘 가까이에 있는 법. 무인의 삶은 그런 것이지."

"난…… 네놈과 달리 본 문의 죽은 문도들 생각에 무진장 열 받은 상태야. 자, 생사에 달관한 척 그만하고 본격적으로 솜씨를 보여 봐라."

"내 전력을 감당할 수 있으리라 여기는가?"

"크크큭, 그래야 내가 나중에 네놈 모가지를 잘라 없앴을 때 조금이나마 보람을 느낄 것 아니냐."

별안간 나안걸태의 신형 주위로 다양한 빛깔의 기류가 무럭무럭 피어올랐다.

백색, 흑색, 청색, 홍색, 적색 등 저마다 다른 빛줄기가 부드럽게 일렁거리며 마치 몸을 보호하듯 맴돌았다.

흡성대기공을 통해 체내로 흡수한 여러 가지 신력을 한꺼번에 이끌어 낸 것이다.

드드드드드드…….

바닥이 또다시 세게 흔들린다.

"보람? 네가 느낄 수 있는 건 오직 하나…… 본좌와 맞선 것에 대한 후회뿐이니라."

질세라 관궁도 하단전을 세차게 돌려 일신의 내공을 한 단계 위로 끌어 올렸다.

"확실히 깨닫도록 해 주마. 네가 취한 그 각종 신병이기의 신력도 어차피 사람의 손에 의해 만들어졌다는 것을."

"아무리 노력해도 인간이란 존재는 태생적인 한계를 넘기 힘들다."

"그러니까 내가 가르쳐 준다고. 사람의 힘이 얼마나 위대한지."

"기대해 보지."

대화가 끝나기가 무섭게 관궁과 나안걸태의 신형이 바람처럼 돌진해 간극의 중앙에서 마주쳤다.

그와 동시에.

두 자루의 검이 섬뜩한 예기를 머금고서 날카로운 궤적을 그리기 시작했다.

채챙, 쩌어어엉, 카캉, 키이잉……!

쉴 새 없이 귓전을 울리는 날카로운 금속성.

새외와 중원을 상징하는 병기들, 나안걸태의 신무화령검과 관궁의 광속신황검은 그야말로 단 한 치의 양보도 없었다.

고강한 내력이 실린 칼날이 서로 부딪칠 때마다 드센 불꽃과 함께 투명한 아지랑이가 허공에 물결치며 시야를 어지럽혔다.

격전을 벌이는 두 초인의 주변엔 자연스레 아무도 접근하지 않았고, 혼잡한 공간 속에 그들만을 위한 비무대가 마련되었다.

불과 숨 몇 번 쉴 동안에 이십여 합을 나눈 두 초인은 어느 순간 누가 먼저랄 것도 없이 절륜한 묘용의 검초를 끄집어냈다.

춤을 추듯 미려한 곡선을 그리는 신무화령검.

좌라라라락, 좌라라라라락—

셀 수 없는 검영이 마구 겹치고 겹쳐 다채로운 검기를 토한다.

천환무검만리향(千幻舞劍萬里香).

무적검무단의 진전인 무극검무결 궁극의 검초.

무수한 검영이 전신을 옥죄며 쇄도하는 가운데 관궁의 광속신황검도 육중한 공력을 실은 빛살을 발출했다.

광속능천검식을 대표하는 초식.

돌천광선(突天光線).

인세를 초월한 두 절기가 격돌하자 귀청을 찢는 듯한 굉음이 사위에 메아리쳤고, 지축이 흔들리며 어마어마한 먼지구름을 비산시켰다.

절초의 교환에 이어.

"크윽!"

관궁의 신형이 뒤로 세게 튕겨 나가며 발바닥으로 지면을 길게 긁었다.

막대한 공력이 충돌한 여파로 삼 장 가까이 밀려난 것. 반면 나안걸태는 일 장 남짓 뒤로 후퇴한 것이 전부였다.

"무림 최후의 황제…… 그 호칭에 어울리는 죽음을 내리도록 하지."

조롱 같은 말.

스으윽.

나안걸태는 우수의 검을 수직으로 높이 들었다.

큐우우우우웅.

기이한 음향을 발한 신무화령검의 칼날 주위로 장엄한 빛살이 파도처럼 넘실거렸다.

한데 관궁이 갑자기 씩 웃으며 검날을 기울여 쥔다.

"아, 이거 안 되겠군. 내공을 좀 더 동원하는 수밖에."

순간 나안걸태의 표정이 흠칫 굳었다.

"무어라?"

지금껏 착각하고 있었다. 상대가 진즉에 극성의 내공을 사용하고 있었다고…….

이내 그의 입가에 묘한 미소가 맺혀 든다.

"과연 전대 무림의 최강자답군."

"벌써 놀라면 안 되지."

그런 관궁의 신형을 중심으로 새하얀 기류가 돌개바람처럼 드세게 치솟았다.

쿠우우우우우우…….

나안걸태는 자신의 피부를 자극하는 저릿한 감각에 눈빛을 깊게 가라앉혔다.

"나 또한 전력을 드러낸 것이 아님을 모르는가."

찰나 그의 몸을 보호하듯 맴돌던 찬란한 기운이 한층 영롱한 빛을 내뿜는다.

그것은 곧 상승 내공을 이끌어 냈다는 증거.

관궁이 목을 한 바퀴 돌리더니.

"어차피 넌 뒈져."

중얼거림과 함께 섬광처럼 땅을 박차고 돌진했다.

나안걸태 또한 발바닥으로 지면을 밀며 순식간에 간극을 압축해 들었다.

쐐애애애액, 슈아아아악—

두 초인의 검이 다시금 파공성을 토하며 무의 향연을 전개했다.

한편 당효악을 위시한 진천당가 일행은 각자 절기를 아끼지 않으며 새외 무리와 맞서는 중이었다.

당문신보대 대장 비천일익 경렴은 별호에 걸맞게 신출귀몰한 경공술로 상대의 시야를 교란했고, 당문암룡대 대장 암경폭환 당규악은 암영옥환을 이용한 직계 비전 암기술 구환관살공을 펼쳐 적의 접근을 차단했다. 그리고 당문독무대 대장 절독대유 당추오는 연신 극독이 묻은 침을 사방에 뿌리며 각 대장의 공세를 도왔다.

당문천무대 대장 삼절신편 휴경과 당문천녀대 대장 묘장부인 단목채원도 짝을 이뤄 합격을 가하는 적을 차례차례 쓰러뜨렸다.

물론 그 활약의 중심엔 당효악이 있었다.

만약 그가 이 자리에 없었다면 벌써 위험한 고비를 몇 번이나 맞았을 것이다. 기실 새외 무리 중 '존'의 칭호를 가진 고수진의 무력은 사천성의 무백 반열을 웃돌았으니까.

당효악의 손속은 거침이 없었다.

가문의 신물인 능우구절편을 휘두를 때마다 수십 명의 적이 잘게 쪼개져 이승을 떠났다.

신병이기의 신력에 더해 부요환 복용으로 공력마저 상승한 상위 고수 대여섯 명이 한꺼번에 당효악을 노려 덤볐지만 진천당가의 절학 추혼십우편법의 견고함을 깨뜨리기란 무리였다. 또한 당효악이 가진 무지막지한 공력도…….

카라라락, 카라라락, 꽈우우우웅—!

능우구절편은 쉴 새 없이 바람을 가르며 시신을 쌓아 나 갔고, 적은 파천신군이란 별호가 가진 위엄을 절감하며 조금씩 전의를 상실해 갔다.

그로부터 멀지 않은 곳엔 운몽향아가 빠른 속도로 적을 섬멸 중이었다.

쉬이이잉!

마운파초선이 횡으로 움직이며 거센 바람을 일으키자 녹색 독무가 드넓게 뿜어져 나온다.

파아아아아— 파아아아아아—!

그 녹색 독무는 순식간에 수천 마리의 나비 형상으로 화해 주변을 마구 휩쓸었다.

적은 나비 형상을 한 독무가 스쳐 지나갈 때마다 괴로운 비명을 내질렀고 머리부터 발까지 온몸이 퍼렇게 변해 끔찍한 죽음을 맞았다.

독운백접도(毒雲百蝶圖).

과거 중원 전체를 두려움에 떨게 만들었던 가공할 독공 절학.

독운백접도의 시전으로 무려 이백여 명의 적이 독살을 당한 직후, 한 인영이 표홀한 운신을 펼쳐 운몽향아의 좌측을 노리고 들었다.

작도존.

십 보 거리로 육박한 그의 도가 단번에 허리를 양단해 버릴 듯 횡으로 맹렬하게 쇄도했다.

카아앙!

마운파초선에 의해 가로막힌 칼날.

키기긱…… 키기긱긱…….

서로의 병기가 맞닿은 채 힘을 겨룬다.

작도존이 두 눈 위로 불을 뿜었다.

"내게 독공은 통하지 않는다!"

"어머, 그래요?"

별안간 운몽향아가 마운파초선에 실린 내공을 폭사하자 펑! 하는 소리와 함께 작도존의 신형이 일 장 뒤로 미끄러지듯 튕겨 나갔다.

'크윽…… 엄청난 공력……!'

잽싸게 균형을 잡고 선 작도존의 동공이 급격히 흔들렸다. 전방에 있던 운몽향아의 모습이 홀연 사라진 까닭이었다.

덥석!

갑자기 작도존의 어깨 너머로 새하얀 손이 튀어나와 턱을 꽉 움켰다.

"컥!"

동시에 무거운 무형지기가 온몸을 옥죄어 꼼짝달싹 못

하게 만든다.

손의 주인은 다름 아닌 운몽향아.

그녀가 이내 작도존의 목을 뒤로 살며시 꺾으며 화사하게 웃었다.

"내가 가진 기예가 독술 한 가지뿐이던가?"

어느덧 싸늘하게 바뀌어 버린 말투.

작도존은 소름이 오싹 끼쳤다. 그 직후 운몽향아가 갑자기 머리를 움직여 그와 입을 맞췄다.

무슨 이유일까.

아름다운 여인의 입맞춤에 작도존의 몸이 부들부들 경련한다.

'끄어어억······ 끄어어어억······!'

어떤 기이한 음향과 함께 작도존의 몸이 급격히 쪼그라지더니 곧 목내이로 화해 목숨이 끊겼다.

"흐음, 맛있네."

운몽향아가 살짝 웃으며 손을 놓자.

사막의 나무처럼 버썩 말라 버린 작도존의 시신이 지면 위로 흐물흐물 무너져 내렸다.

주변의 적은 저마다 사색이 된 얼굴로 그 자리에 굳었고, 운몽향아는 여유롭게 머리칼을 매만지며 부채질을 했다.

"너희들 주인은 흡성대기공을 성취했다지? 그런데 보다

시피 나도 상대의 정기를 취할 수 있단다."

한때 파초대마후의 별호와 더불어 악명을 떨친 괴이한 기공, 흡정신요공(吸精神妖功).

"뭐, 사내들 상대로만 쓸 수 있다는 게 흠이긴 하지만…… 방사를 치르지 않아도 정기를 흡수할 방법은 다양하지. 어때, 무서워?"

새외 무리는 슬금슬금 뒷걸음질을 쳤다. 그러자 운몽향아의 두 눈에 짙은 살기가 감돌았다.

"진짜 지옥은 지금부터 시작이란다."

사르륵 끌리는 살구색 치맛자락.

운몽향아가 걸음을 내딛자 주변의 적도 그 보폭만큼 신형을 뒤로 물렸다. 그것은 곧 파초대마후라는 희대의 여고수가 지닌 무력에 대한 두려움의 발로였다.

이내 그녀의 영롱한 두 눈동자, 그리고 손에 들린 마운파초선 주위로 녹죽처럼 짙푸른 아지랑이가 실버들인 양 넘늘거린다.

츠츠츠츠…….

다시 한 번 독성의 내공을 운용한 것이다.

대기가 요동치고 지면이 갈라지는 등 막강한 내력을 대변하는 것 같은 요란스러운 변화는 일어나지 않았다.

한없이 고요했다.

너무나도 조용한 기도였다.

하나 그것이 오히려 새외 무리로 하여금 한층 큰 공포를 느끼게 했다.

나아가고, 물러나고…… 그렇게 몇 걸음.

정적이 끝났다.

파팟!

호홀지간 측방으로 빠르게 내뻗친 운몽향아의 좌수로부터 한 줄기 무형지기가 발출되어 우람한 체구의 중년 검수를 잡아당겼다.

"큭!"

다름 아닌 새외 북방의 손꼽히는 고수들 중 한 명인 거석 검존이다.

극성의 내공을 발휘한 그는 이마에 핏대를 세운 채 저항했지만 상대의 허공섭물은 더없이 강력했다.

작은 바위 같은 체구가 급격히 흔들리더니.

지지직, 지지지직…….

두 발로 지면을 깊이 긁으며 무기력하게 이끌리기 시작한다.

그렇게 삼 보 간격이 된 찰나.

꽈아악!

운몽향아의 섬세한 손이 거석검존의 머리채를 휘어잡곤

두 눈을 똑바로 마주했다. 그와 동시에 거석검존의 신형으로부터 새하얀 기류가 마구 뿜어져 나왔다.

이어지는 괴로운 비명.

"끄아아아아악!"

거석검존의 체내에 갈무리된 내공과 정기가 새하얀 기류로 화해 운몽향아의 눈과 입으로 일제히 흡수되고 있는 것이었다.

흡정신요공의 기오막측한 묘용은 비단 입맞춤 하나만이 아니란 것을 증명하는 듯한 광경이었다.

투두둑, 투두두둑, 투둑……!

기이한 음향이 잇달아 들리며 그의 혈맥이 팽창과 수축을 반복했다. 눈, 코, 귀, 입으로 검붉은 선혈이 줄줄 흘러내렸다. 그 고통이 어떨지 감히 상상조차 되지 않았다.

"끄아아…… 아아…… 아…….''

힘을 잃은 통성과 함께 온몸이 창백하게 변한 거석검존은 싸늘한 주검이 되어 바닥 위에 털퍼덕! 쓰러져 누웠고, 내공과 정기를 모조리 흡수한 운몽향아는 입맛을 다시며 더욱더 짙은 살기와 독기를 머금었다.

"방금 흡수한 힘, 그대로 되돌려 줄게."

그녀의 우수에 들린 마운파초선이 전방으로 곡선을 그리며 거센 바람을 일으킨다.

츄츄츄츄츄츄츄츳—!

귀청을 따갑게 두드리는 풍성과 더불어 짙푸른 기류가 무수한 화살처럼 가닥가닥 쇄도해 수십 명의 몸통을 빠르게 관통했다.

퍼퍼퍼퍼퍽, 퍼퍼퍼퍼퍼퍽!

살과 뼈를 꿰뚫는 섬뜩한 음향이 연속적으로 터진 순간.

공세를 받은 자들 모두 전신의 피부가 순식간에 녹색으로 물들었고, 곧 실핏줄이 내돋칠 정도로 몸이 한껏 부풀어 올라 폭발하며 무참히 찢겨 나갔다.

투투투투투투, 투투투투투투투……

허공으로 비산한 수많은 육신의 파편이 붉은 피가 아닌 푸른 피를 마구 흩뿌렸다.

꿈에 나올까 두려운 끔찍한 몰살의 광경.

주변의 생존한 새외 무리는 일순 머릿속이 백지장처럼 텅 비고 말았다.

"……!"

몸도, 마음도 모두 압도를 당한 상태.

그들 생각은 똑같았다.

도저히 청풍검문 고수들 무력을 감당할 수 없다! 이대로 가다간 정예 전력 대부분이 죽고 말 것이다!

문득 누군가의 절규가 들렸다.

"회검대공자께선 왜 아직도 안 오시는가!"

나안걸태는 현재 관궁과 자웅을 겨루고 있기에 회검대공자 아예혼의 지원이 절실했다. 그가 나타나 준다면 재차 전세의 균형을 맞출 수 있으리라 여겼다.

쇄혼림의 수장 충천검존이 고함쳤다.

"전의를 가다듬어라! 아직 포기하긴 이르다!"

그의 독려에 주변에 있던 상위 고수들, 그리고 휘하 무인들 모두 흔들리는 마음을 다잡고 일제히 극성의 내공을 운용했다.

그때 운몽향아가 눈매를 가늘게 좁히며 마운파초선을 높이 치켜들었다.

"후훗. 그 희망을 더없이 큰 절망으로 바꿔 주지. 너희의 그릇된 야욕 앞에 희생당한 사람들, 그에 대한 대가는 치러야지?"

하늘을 향한 마운파초선의 끝으로부터 일 장 위 허공에 무형의 기류가 사납게 소용돌이치기 시작했다.

쿠구구구궁— 쿠구구구구궁—

우레와 같은 굉음이 일며 예의 공간이 투명하게 일그러졌다. 뒤이어 육중한 풍압이 사위를 감싸며 새외 무리의 신형을 휘감았다.

"컥……!"

"으윽……!"

곳곳에서 흘러나오는 나지막한 신음들.

운몽향아가 발산하는 기풍의 압력에 체내 기혈이 헝클어진 탓이다.

이내 태반의 인원이 피를 토하며 지면에 풀썩 주저앉았다.

그 직후.

일 장 위 허공을 맴돌던 기운이 번쩍번쩍 빛을 발하며 어떤 선명한 모양새를 갖추었다.

거대한 파초선.

흡사 마운파초선이 수십 배로 커진 듯 장엄한 형태의 기운이었다.

새외 무리의 눈길이 그리로 집중된 순간 운몽향아의 입이 열렸다.

"앙천파초마선기(殃天芭蕉魔扇氣). 내 극성의 공력을 실었으니 맘껏 감상하고 죽으려무나."

그녀의 팔이 아래로 빠르게 떨어지고.

후우우우우우웅—!

그 동작을 따라 허공에 떠오른 앙천파초마선기도 어마어마한 그림자를 드리우며 적의 머리 위를 맹렬히 뒤덮었다.

콰콰콰콰콰콰쾅—!

앙천파초마선기의 힘에 짓눌린 충천검존을 비롯한 일백여 명의 적은 그대로 납작한 육편으로 화해 피 분수를 퍼뜨렸고, 반경 십 장의 지면이 아래로 움푹 꺼져 내리며 굉음을 토했다.

운몽향아는 마운파초선을 기울여 쥐며 저편으로 고개를 돌렸다. 그러자 쉬지 않고 손속을 교환하고 있는 관궁과 나안결태의 모습이 동공에 담겨 들었다.

카캉, 쩌어엉, 키기깅, 캉……!

숨 돌릴 틈조차 없이 금속성을 연주하는 그들.

그녀는 앞서 검무영이 멸절의 용신기를 운용하기 시작했을 때 관궁과 짧게 나눴던 대화를 떠올렸다.

　　—저 검림지존이란 새끼…… 반로환동과 더불어
　섭심무선의 흡성대기공을 익혀 각종 신검의 힘을 취
　한 것도 모자라 잠매지혼대법이란 것을 통해 이백여
　년 동안 수면 상태로 생기를 유지하며 내공을 쌓았
　어.
　　—흠…… 그렇다면 생각 이상으로 강하겠네요.
　　—물론.
　　—호홋, 그래도 사황께서 승리하실 거예요.
　　—당연하지, 이 할망구야!

나안걸태에 맞선 관궁의 몸엔 어느덧 여러 개의 자상이 새겨진 상태였다. 하지만 운몽향아는 그 모습을 보고도 동요하지 않았다.

'검림지존, 당신은 분명히 강해. 하지만 사종검황도 세인은 잘 알지 못하는 엄청난 성취를 이루었어. 검룡제를 제외하면…… 세상 어느 누구도 그를 쉬이 꺾을 수 없을 만큼!'

눈동자를 빛낸 그녀는 이내 상념을 접으며 남은 적을 마저 휩쓸어 나갔다.

한편 멀리서 운몽향아의 활약상을 보고 있던 청풍검문 문도들은 심장이 서늘히 굳는 기분이었다.

—핏빛 파초선을 든 절세의 미녀를 만나거든 무공을 논하지 마라.

과거 그 말이 왜 강호에 유행처럼 떠돌았던 건지 새삼 가슴에 와 닿았다.

양욱이 문득 팔꿈치로 마봉의 옆구리를 슬쩍 찌르며 물었다.

"저, 저기…… 마 사형도 몰랐습니까? 영양사님께선 꼭

방중술이 아니라도 다른 방법으로 남자의 정기를 모조리 빼앗을 수 있다는 것을……?"

그러자 마봉이 넋이 나간 얼굴로 중얼댔다.

"허……! 내가…… 여태껏 목숨이 붙어 있는 게 용한 거였구나."

바로 그 순간, 일련의 무리가 핏빛 전장을 뒤로하고 문도들이 모여 선 쪽으로 경공술을 펼쳐 빠르게 다가오는 것이 보였다.

새외 북방의 아랑검대(餓狼劍隊)를 이끄는 대장 낭아존(狼牙尊)을 위시한 정예 검수 삼십여 명.

손속을 놀리던 운몽향아가 잠깐 고개를 뒤돌려 그들을 보더니 곧 신경 쓰지 않는다는 듯 시선을 거두었다.

개새가 즉각 귀를 쫑긋 세우며 반응했다.

"멍!"

나만 믿어! 라는 의미일까.

하연설, 단선후 등 문도들이 저마다 맞서 싸우려고 칼을 뽑아 쥔 찰나 흥청, 망청이 죽창으로 바닥을 탁탁! 치며 소리를 질렀다.

"허엉!"

"크허엉!"

이 미천한 인간 것들, 조교님의 실력을 못 믿는 것이냐!

라고 꾸짖는 듯한 모양새인데.

움찔한 일동이 마지못해 검을 갈무리하자 개새가 돌진해 오는 적을 마중 나가듯이 꼬리를 흔들며 내달렸다.

일순 낭아존의 눈썹이 꿈틀 올라갔다.

"경계하라! 괴상한 힘을 보유한 영물이 온다!"

"예, 대장님!"

휘하 검수들이 입을 모아 대답한 때 개새가 일 장 간격을 두고 우뚝 멈췄다.

아랑검대 무리는 기세를 늦추지 않고 그대로 진격했다. 한데 갑자기 그들 머릿속으로 전성 비슷한 소리가 울렸다.

『멈춰!』

동시에 다들 어? 하며 일제히 동작을 정지하고 섰다.

전음술이 아니다.

마음의 소리를 상대의 뇌리로 직접 전하는 고절한 수법, 혜광심어였다.

낭아존의 두 눈이 급격히 확장되며 일 장 앞의 개새를 바라본다.

'뭐지? 설마 저 개가……?'

설마는 무슨.

『뭘 봐? 멍청한 것들.』

거듭 혜광심어를 시전하는 개새에 의해 아랑검대 무리의

낯빛이 새하얗게 탈색되었다.

도대체 저 개, 정체가 뭐야?

다들 그러한 표정을 짓기가 무섭게 개새가 몸을 빙글 돌리더니 꼬리를 빳빳이 세워 마구 흔들었다.

촤촤촤촤!

쾌속한 움직임을 따라 무수한 검기가 부챗살 모양으로 퍼져 나가 적의 정면을 엄습했다.

퍼퍼퍼퍼펑, 퍼퍼퍼퍼퍼펑—!

검날을 세워 가까스로 일련의 검기를 방어한 심십여 명은 그 육중한 충격에 밀려 이십 보 뒤로 팅겨 나갔다.

'커억! 이, 이 무슨 개 같은……!'

낭아존을 비롯한 그들 모두 경악과 함께 신형을 비틀거리며 입가로 피를 주르륵 흘렸다.

내상과 더불어 정신까지 혼미했다.

말도 안 되는 황당한 상황에 주화입마가 일어나고 있는 것이다.

개새가 멍! 하고 짓자 흥청과 망청이 신속히 그 곁으로 와 어마어마한 힘이 실린 창격을 날렸다.

모두한방.

그렇게 심마에 빠진 적은 고강한 창기에 온몸이 꿰뚫린 상태로 즉사했다.

개새는 제 할 일을 다 했다는 듯 도로 예의 자리로 향했고 뒤편에 서 있던 문도들은 저마다 박수를 쳤다.

"참 대단하십니다, 조교님."

그때 신이 난 흥청, 망청이 뒤뚱거리며 다가와 개새를 붙잡고 헹가래를 쳤다.

"꾸오옹!"

"흐어엉!"

하연설은 어이없다는 표정으로 고개를 절레절레 흔들다가 곧 저 멀리로 눈길을 던졌다.

거기엔 검무영이 용의 형상을 한 기운을 머금은 칼날을 휘두르며 연신 적을 섬멸하고 있었다.

파아아아아아아!

가공할 파공음, 그리고 이어지는 소멸.

멸절의 용신기 앞에 적은 아무런 저항도 못 한 채 형체도 없이 사라졌다.

원무삼검령과 무의검대는 그런 검무영과 맞선 대가로 순식간에 절반이 죽음을 맞았다.

무적검무단이 자랑하는 정예 전력도 아무런 소용이 없는, 가히 신들린 무위.

검무영의 칼질 앞에 난무검령, 비무검령은 이미 저승으로 떠났고 남은 이는 호무검령(胡舞劍靈) 한 명뿐이었다.

무의검대도 별반 다르지 않았다.

이백여 명 중 남은 인원은 오십여 명에 불과했다.

호무검령은 전의를 상실하고서 신형을 부르르 떨었다.

'저 검력은…… 도저히 당해 낼 재간이 없다!'

한데 그때, 후방으로부터 어마어마한 검기가 쇄도해 무의검대 오십여 명의 허리를 단숨에 절단시켰다.

푸하아아악, 푸하아아아아악!

검무영과 호무검령의 눈동자에 비치어 드러난 한 젊은 검수.

회검대공자 아예혼으로 신분을 가장했던 대붕성 성주의 적전제자, 천패검붕 군율이었다.

"회검대공자! 지금 이게 무슨 짓……?"

호무검령은 말을 다 끝맺지 못하고 군율의 쾌속한 검기에 의해 목이 잘렸다.

털썩.

시신이 땅에 쓰러진 찰나 검무영이 무표정한 얼굴로 목소리를 던졌다.

"아군인가?"

"그렇다고 할 수 있지."

고개를 주억인 군율은 순간 눈앞의 검무영을 가만히 살피더니 이채를 발한다.

'왠지 낯설지 않은데.'

그때 검무영이 검날을 어깨에 척 올리며 무미건조한 눈 빛으로 대꾸했다.

"귀찮은 똥 덩어리를 치워 줘서 고맙군."

그 말을 들은 군율의 표정이 흠칫 굳었다.

"설마…… 무영……?"

검무영은 아무런 대꾸가 없었다. 그에 군율의 눈빛이 깊 게 가라앉았다.

내가 착각한 건가? '똥 덩어리!'란 소리를 버릇처럼 입 에 담던 그 소년이 아닌가? 얼굴엔 아직도 그때의 생김새 가 남아 있는 듯한데…….

그러한 의문이 뇌리를 스친 찰나.

입꼬리를 슬며시 올린 검무영이 말했다.

"오랜만이군. 율."

"……!"

순간 군율의 동공이 작은 파문을 일으킨다.

역시나 자신의 짐작이 맞았다.

과거 오 년 남짓한 시간 동안 동고동락하며 어린 시절을 함께 보냈던 바로 그 친구였다.

긴 세월을 격해 다시 이어진 인연이다.

두 사람이 그렇게 시선을 마주한 사이, 주변 상황은 빠르게 정리되고 있었다.

당효악을 위시한 진천당가의 각 대장들, 그리고 운몽향아의 강맹한 손속 앞에 새외 무리는 괴멸 직전의 상태였다.

현재 잔여 전력은 이백여 명에 불과했다.

『도련님, 어떡할까요?』

군율의 등 뒤쪽에 자리한 일백여 명의 검수들 중 선두에 있는 중년 사내가 보낸 전음이다.

회의검단이라 불리던 그들, 그 실체는 바로 대붕성의 상위 전력이자 군율 직속의 붕우회(鵬羽會). 또한 예의 중년 사내는 붕우회의 회주이자 대붕성을 대표하는 십대고수 중한 명인 붕익신검자(鵬翼神劍子) 포립(浦立)이었다.

『너희는 일단 잔당을 섬멸하라.』

고개를 살짝 움직인 군율이 전음으로 명령하자.

『예!』

포립을 비롯한 붕우회 전원은 즉각 날렵한 경공술을 펼쳐 당효악, 운몽향아 등이 있는 곳으로 향했다.

'난 그저 봉신패(封神牌)를 이용해 나안걸태의 체내에 있는 신력을 모조리 걷어 가기만 하면 될 일!'

군율은 그 생각과 함께 다시 검무영을 조용히 바라보았다.

"살아 있으니 이렇게 다시 만나는군, 무영. 게다가……."

말꼬리를 흐린 그가 이내 검무영의 어깨 위에 얹힌 검을 눈동자에 담는데…….

여전히 칼날을 따라 휘감고 있는 용의 형상을 한 신비로운 기운.

'저것이 황룡이 선사한 신검인가?'

그러곤 다시 말을 이었다.

"설마 청풍검문에 몸담고 있으리라곤 생각하지 못했다."

"삶이란 원래 예측 불가한 법이니까."

"강호 무림의 검수가 되었구나. 그것도 아주 고강한 무력을 가진 검수가…….."

"너도 별반 다르진 않은 것 같은데."

"검씨라는 성, 아직도 쓰고 있나?"

"물론."

"난…… 대붕성에 적을 두고 있다. 과거 산채(山寨)가 와해되고 우리 모두 뿔뿔이 흩어져 달아났을 때…… 기적적으로 성주님을 만나 목숨을 건졌지. 지금은 그 비전을 계승 중인 적전제자의 신분이다."

검무영이 피식 웃었다.

"소원대로 출세했군."

"그러는 넌 어쩌다가 청풍검문에 몸담게 된 거지?"

"밥벌이 될 만한 일을 찾다가."

"뭐……?"

"왜, 다른 거창한 사연을 기대했나?"

"……."

"문주 대행 교두, 그것이 내 일이다."

"네 사문은 따로 있는 것이냐?"

군율의 물음에 검무영이 어깨를 으쓱이며 말을 아꼈다.

그때.

저편으로부터 날카로운 비명이 연이어 터져 나오며 남은 새의 무리가 깡그리 죽음을 맞았다.

운몽향아와 진천당가 고수들, 그리고 붕우회가 가세한 강맹한 합격 앞에…….

완벽한 전멸.

이제 생존한 적은 나안걸태 한 명뿐이었다.

사위에 메아리치는 따가운 금속성.

채챙, 카캉, 쩌어엉……!

관궁의 검과 나안걸태의 병기는 아직도 맹렬히 몸을 부딪치며 불을 뿜는 중이었다.

두 초인은 이미 무아경에 든 상태였다.

주변의 정황 따윈 신경도 쓰지 않은 채 각자가 펼쳐 내는 검세에 전신의 감각을 모조리 쏟아 붓고 있었다.

합을 나눌 때마다 대기와 지면이 우렁차게 진동하고 막

대한 기의 잔해가 쉴 새 없이 허공으로 번지며 투명한 파도를 퍼뜨린다.

군율이 문득 물었다.

"저 고수는…… 반로환동을 과하게 이뤘군?"

"사종검황, 그의 별호다."

검무영의 그 말에 군율의 눈동자가 가볍게 흔들렸다.

'사종검황……!'

가히 충격적인 사실이었다. 전대 고수인 그가 지금껏 생존하고 있었을 줄이야.

하나 놀라움은 그게 끝이 아니었다.

"그리고 저 여인은 파초대마후."

군율은 신속히 검무영의 무심한 눈빛을 살피곤 속으로 중얼거렸다.

'거짓말이 아니구나. 이것은…… 아주 대단한 사건이다. 천하의 사종검황과 파초대마후가 청풍검문에 적을 두고 있다니…….'

운몽향아와 당효악 등 전장을 평정한 사람들 모두 검무영 곁으로 모여들었고, 붕우회 역시도 신속히 군율의 등 뒤에 열을 맞춰 병풍처럼 도열해 섰다.

개새와 홍청, 망청, 그리고 하연설을 비롯한 청풍검문 문도들 또한 조심스럽게 그 자리에 합류했다.

군율이 그런 중인을 향해 두 손을 모으며 인사말을 건넨 후 자신의 신분을 밝혔다. 그러자 문도들 모두 깜짝 놀란 표정으로 그의 자태를 두 눈에 담았다.

'저 사내가 그 유명한 천패검붕……!'

세상에 드문 검도 천재이자 나이를 초월한 무력으로 여러 기라성 같은 노고수와 함께 사파를 대표하는 인물로 자리매김한, 나아가 존자 반열마저 넘본다는 초절정 검수.

당효악은 새삼 속으로 감탄했다.

'과연 군계일학이로군.'

정파와 사파의 경계를 떠나 진심으로 탐이 나는 인재였다. 물론 자신의 세 아들도 일류 후기지수로 이름을 날리고 있지만, 군율과 비교하면 한참 뒤처지는 게 사실이었다.

하연설 등은 문뜩 검무영과 군율을 번갈아 살피며 생각했다.

'분명 서로 일신의 기도는 판이한데…… 왠지 묘하게 닮은 듯한 분위기를 풍겨.'

그 시선을 느낀 것인지 군율이 이내 말했다.

"무영과 나는 어린 시절을 함께 보냈습니다. 그러다가 모종의 일로 헤어지게 됐는데, 이렇듯 예서 다시 만나게 되었습니다."

순간 청풍검문 문도들 눈동자로부터 불꽃이 파팍! 일었다.

'뭐? 교두님과 아는 사이라고?'

그동안 철저히 비밀에 싸여 있던 검무영의 과거를 가르쳐 줄 인물이 눈앞에 나타난 것이다.

놀랍게도 운몽향아 또한 뜻밖이라는 표정을 짓고 있다.

"어머, 그랬군요."

아마 그녀와 인연이 닿기 전의 일인 모양이었다.

양욱이 다급히 물었다.

"예전에 교두님과 어떻게 생활하셨습니까?"

"산채에서 살았습니다."

동시에 급격히 휘둥그레지는 눈깔들.

'뭐! 사…… 산채라고?'

산채란 말 그대로 산적들 소굴을 뜻함인데.

미처 예상치 못한 사실에 경악한 양욱이 말을 떠듬거렸다.

"어억, 세상에! 교, 교, 교두님께서 사, 산적 출신……
꾸에엑!"

검무영의 손속에 의해 양욱은 삼 장 밖으로 튕겨 날아가 지면 위로 쿵! 떨어지며 기절했다.

"지금부터 질문은 금지."

"내가 괜한 이야기를 꺼낸 건가."

"맞아."

심드렁하게 대꾸한 검무영은 이십 장 남짓한 거리에 있는 관궁과 나안걸태의 사나운 칼부림을 응시하며 읊조리듯 중얼거렸다.

　"끝을 향해 가고 있군."

　그러더니 곧 군율의 얼굴로 눈길을 옮겼다.

　"대붕성이 이번 일에 은밀히 개입한 것으로 보아 아마도 저자가 목표인 모양이군."

　고개를 끄덕인 군율이 칼자루를 움킨다.

　"검은 왜 쥐지?"

　"지금 공격을 가하면 쉽게 끝을 낼 수 있으니까. 내 임무는 나안걸태를 베는 것이다. 지난 몇 년간 새외 무리 속에 섞여 있었던 이유도 그 때문이고……."

　"그만둬."

　별안간 군율의 눈빛이 돌변했다.

　"그게…… 무슨 의미인가?"

　"함부로 저 싸움에 끼지 말라는 뜻이다. 내가 허락하지 않아."

　검무영이 갑자기 어깨에 걸쳤던 검날을 세워 쥔다.

　우우우우웅―!

　용의 형상을 한 기운이 사납게 춤을 추며 그 위력을 경고해 왔다.

질세라 군율이 대붕성의 신물인 붕익으로 내공을 주입했다.

"무영, 지금 날…… 가로막겠다는 것이냐?"

검무영이 대답 대신 팔을 수평으로 뻗었다. 그러자 검날 위를 맴돌던 용의 형상이 거대하게 변해 그의 몸 전체를 휘감았다.

군율 역시 내공을 한 단계 위로 이끌어 냈다.

"너와 칼을 섞고 싶지 않다. 그러니 내 일을 방해하지 마라. 이번 일은 전적으로 성주님의 명에 따른 것이다. 네가 아무리 대단해도 존자 반열의 으뜸을 다투시는 성주님의 화를 사고 싶진 않을 텐데."

하지만 검무영은.

"대붕성이고 나발이고 저 싸움에 개입하려 든다면 전부 베어 버릴 거야."

흠칫한 군율은 일순 피부로 와 닿는 저릿한 기류를 느꼈다.

'이것은…… 좋지 않다!'

그 순간.

퍼헝!

파공음과 함께 관궁의 신형이 십 보 뒤로 세게 밀렸고, 나안걸태가 그대로 거리를 격해 영롱한 검기를 실은 검날을 그의 머리 위로 세차게 내려 그었다.

쩌어어어어어엉!

한 줄기 금속성, 뒤이어 움푹 꺼지는 지면.

나안걸태는 반탄지력에 의해 일 장 뒤로 튕겨 나가더니 가까스로 균형을 잡고 섰다.

'이럴 수가!'

의혹과 불신의 눈동자.

우위를 점했다고 여긴 순간에 관궁의 공력이 갑자기 몇 배로 증폭한 까닭이었다. 게다가 맞받아친 쾌검술도 지금까지 구사하던 광속능천검식과 달랐다.

쿠쿠쿠쿠쿠쿠쿠쿠······.

관궁의 신형을 중심으로 회오리치는 방대한 기운.

"이백 합, 드디어 채웠군."

그런 관궁의 또렷한 목소리에 나안걸태의 표정이 굳었다.

"뭣?"

방금 그 말은 일부러 이백 합을 채울 때까지 기다렸다는 뜻 같았기 때문이다.

관궁이 검을 비스듬히 기울이며 더없이 서늘한 안광을 흘렸다.

"크큭, 기분 더럽지? 나도 예전에 그랬지. 이백 합을 겨루고 나서 패배한 것 같은 기분…… 자, 드디어 본 문의 원한을 갚을 차례가 되었구나."

"놈!"

나안걸태가 마지막 한 줌의 진기까지 이끌어 내며 고함쳤다.

쩌저저저저저, 드드드드드드……!

일대 지면이 마구 갈라져 터지는 가운데 관궁이 검으로 기운을 집중시키며 걸음을 옮겼다.

"내가 두 번째 반로환동의 부작용을 어떻게 극복한 것인지 궁금하지 않나?"

"……!"

"그때 몸이 작아진 직후 또 하나의 깨달음을 얻었기 때문이야."

나안걸태의 두 눈 위로 의문의 빛이 스치나 싶더니.

'가만, 설마……!'

머릿속을 퍼뜩 스쳐 지나가는 네 글자.

관궁이 자신의 입으로 그것을 대신 말해 준다.

"환골탈태."

"그, 그런……!"

피부를 벗고 근골을 다시 짜 맞춰 완전히 새로운 사람이 된다는 무도 극상의 경지.

"키키킥…… 그래, 네 멍청한 대가리론 예상조차 못 했겠지. 내가 그때 얻은 힘은 자그마치 오백 년 치의 공력이니라."

지이이이이이잉!

돌연 광속신황검의 칼날이 떨리며 세찬 울음을 발했다.

"또한 내가 구사할 검초는 일천여 년의 무림 역사를 통틀어 적수가 없던 노인의 진전! 알고나 뒈져."

말이 끝나기가 무섭게 전방으로 쏘아지는 검극.

쐐애애애애애애애액—!

한 점으로 폭사된 극쾌의 검기는 그대로 나안걸태의 가슴 정중앙을 관통했고.

꽈드드드득, 푸하아아아아악!

이내 그의 몸과 칼을 가루로 만들며 흔적조차 없이 말끔히 지워 버렸다.

第六章
손에 넣다

　군율과 그 휘하의 붕우회 검수들 모두 가공할 초식을 펼친 관궁으로부터 잠시간 눈을 떼지 못했다.

　말 그대로 쾌속의 극치를 보는 듯한 검초.

　'대단하군.'

　그렇게 군율은 저도 모르게 속으로 중얼댔다. 같은 검수로서 그 절륜한 실력을 칭찬하지 않을 수가 없었다.

　사종검황, 그 별호가 가진 위엄을 여실히 느낄 수 있는 일검이었다. 검초 하나로 자신의 마음을 이토록 흔들리게 만든 무인은 스승인 대붕성주 이후로 처음이었다.

　하연설 등을 비롯한 청풍검문 문도들 역시도 저마다 나

지막한 탄성을 흘리며 관궁의 가공할 무력을 새삼 절감했다.

특히 현 강호의 존자 반열에 올라 있는 당효악은 아주 큰 감명을 받은 상태였다.

굳이 말하지 않아도 투명한 흔들림을 자아내는 눈동자가 그것을 대변한다.

'설마하니 그가 두 번의 반로환동에 더해 환골탈태까지 이뤘을 줄은…… 내 예상의 범주를 벗어난 놀라운 성취로구나.'

새외 북방을 대표하는 나안걸태의 실력은 결코 자신의 아래가 아니었다. 또한 검림지존이란 화려한 칭호도 결코 과분한 것이 아니었다. 제 야욕을 향한 일련의 악행은 둘째 치고 무공 수위만 놓고 보면 충분히 지존이라 불릴 만한 자격이 있는 자였다.

만약 그가 중원 출신이었다면 능히 존자 반열의 한 자리를 꿰찼으리라.

한데 관궁은 그런 나안걸태를 상대로 이백 합을 나눈 것도 모자라 대결 마지막엔 일부러 아껴 두었던 여력을 발산하며 상대를 깔끔히 멸해 버렸다.

문득 당효악 곁에 당능통이 조용히 다가와 섰다.

"청풍검문의 저력이 이 정도로 엄청날 줄은 몰랐느니라."

당효악이 희미한 미소로 고개를 주억였다.

"그러게 말입니다. 숙부님. 참, 지낼 만하십니까?"

"크음, 궁금하거든 네 녀석이 대신 여기 머물러 봐라."

"사양하겠습니다. 전대 고수들 사이에 끼어 사는 압박감은 차치하고라도 워낙 황당무계한 사건이 많이 발생하는 곳이라…… 허헛."

바로 그때.

나안걸태가 죽어 없어진 공간에 웬 커다랗고 둥근 빛무리가 번쩍거리며 허공을 맴돌기 시작했다.

별안간 낯빛이 일변한 군율.

'저것은 혹시 나안걸태가 흡수했던 각종 신검의 기운인가?'

본능적으로 요대 좌측에 걸려 있는 두루주머니를 만지작거리는 그다.

거기엔 나안걸태의 힘을 흡수할 목적으로 가지고 온 봉신패가 들어 있었다.

지금 봉신패를 꺼낸다면 저 빛무리를 갈무리할 수 있지 않을까? 그런 생각이 뇌리를 스친 찰나 예의 빛무리는 순식간에 폭발을 일으키듯 확 퍼지더니 금세 자취를 감춰 버렸다.

직후 군율의 얼굴 위로 한 줄기 씁쓸한 미소가 스쳐 지나가고.

'어이가 없군. 이런 식으로 일을 그르치다니…….'

결국 대붕성주로부터 하달된 비밀스러운 임무는 실패했다.

지난 몇 년 동안 새외 무리에 섞여 활동하며 나안걸태가 무공을 완성하기만을 기다린 보람도 없이…….

애당초 계획은 직접 나안걸태를 제압한 후 그의 체내에 깃들어 있는 방대한 신력을 봉신패로 옮겨 담는 것이었는데.

『도련님, 일이 이렇게 된 이상 신속히 이 자리를 뜨는 게 좋겠습니다.』

뒤쪽에 선 붕익신검자 포립의 전성.

고개를 돌린 군율이 은밀한 눈짓으로 동의했다. 그 순간, 검무영이 무표정하게 입을 열었다.

"결정해. 싸울 거야, 말 거야?"

이내 군율이 싸늘한 안광을 흘리며 검무영을 바라보았다. 그러다가 상대의 신형을 휘감고 도는 용 형상의 기운을 두 눈동자에 담았다.

'예사롭지 않은 힘……, 어차피 계획이 어그러진 이상 굳이 각을 세울 필요는 없겠지.'

그는 애병인 붕익의 칼날에 실린 기운을 흐트러뜨렸다.

"예전이나 지금이나 참 변함이 없군. 그 저돌적인 태도
는……."

"진작 그럴 것이지."

씩 웃은 검무영도 비로소 내공을 거둬들였다.

그와 동시에.

짜자자자자작, 콰차앙—!

무수한 금을 그린 검날이 잘게 부서져 지면 위로 떨어져
내렸다.

군율은 당혹스러웠다.

'아니! 황룡이 선사한 신검이……?'

절세의 신력을 가진 병기라 여겼던 검이 저렇듯 갑작스
레 파괴될 줄은 미처 예상도 못 했다.

"그 검, 신병이기가 아니었나?"

군율의 의혹 가득한 목소리에 검무영이 천연덕스러운 표
정으로 어깨를 으쓱거렸다.

"맞아, 신병이기. 다만 여느 것과 좀 다르지."

대수롭지 않은 투로 대꾸한 그가 다짜고짜 손을 내밀자
평제자들 중 한 명이 얼른 자신의 검을 건넸다.

"여기 있습니다."

군율이 속으로 뭐하는 거지? 라고 생각한 찰나 검무영의
손이 검날을 덥석 잡곤 쑥! 뽑았다. 그런 다음 예의 검날을

칼자루 위에 고정시켰다.

군율과 봉우회, 당효악을 비롯한 진청당가 고수들 모두 그 모습 앞에 당혹감을 감추지 못했다.

'허, 아무 칼날이나 막 꽂아 쓰는 건가?'

처음 보는 사람이라면 의당 황당할 수밖에 없는 장면이다.

검무영은 곧 좌수를 뻗어 저쪽 지면에 쑤셔 박혀 있는 붓대를 허공섭물로 이끌어 오더니 검을 그 안에 철커덕! 넣어 갈무리했다.

츠츠츠츠츠츠.

새까만 연기를 퍼뜨린 칼자루가 눈 깜짝할 사이에 붓털로 바뀌자 중인은 거듭 놀란 표정이었다.

군율은 눈빛을 가라앉히며 확신했다.

'흐음. 형태를 바꾸다니…… 역시 예사 병기가 아니었군. 한데 원래부터 칼날이 없는 건가?'

일순 본능적으로 검무영의 검을 한번 다뤄 보고 싶다는 욕구가 일었다.

그 속내를 읽은 듯 검무영이 무심한 투로 말했다.

"아서, 이 물건을 탐내다간 제 명에 못 살아. 방금 전 그놈처럼."

"무영, 한 가지만 묻자. 네가 소유한 그것…… 황룡의 신검이 맞긴 한가?"

불현듯 청풍검문 문도들 동공이 일제히 빛을 뿜었다.

우리도 그 검의 진짜 정체가 뭔지 몹시 궁금해! 옛 친구의 질문이니 가르쳐 주지 않을까? 말해 줘, 제발 말해 줘! 그런 기대감이 깃든 표정들.

하나 검무영은 의미 모를 미소만 지을 뿐 대답을 주지 않았다.

그에 군율도 그만 포기했다.

'아무래도 옛정에 기대 녀석의 입을 열게 만들기는 힘들 것 같군. 하기야……'

한편 관궁은 혈전을 치렀던 자리에 우두커니 선 채 두 눈을 지그시 감았다.

비록 대결의 끝에 극성의 공력을 실은 쾌검술로 나안걸태를 제압해 없앴긴 했지만 그가 몸에 안고 있는 자상은 도합 스무 개가 넘었다.

그것은 곧 나안걸태가 보유하고 있던 출중한 무력을 대변하는 흔적. 만약 예전에 환골탈태란 큰 깨달음을 이루지 못했다면, 오늘 이처럼 시원스러운 복수를 이루긴 힘들었으리라.

'또한 그 괴물 영감의 가르침도……'

이윽고 입술 사이로 새어 나오는 나지막한 소리.

"후우……."

그 한숨에 여러 가지 의미가 담겼다.

그런 관궁의 머릿속에 한 사내의 얼굴과 목소리가 아련히 떠오른다.

—본 문에 부담을 지우지 않기 위해 부득불 은퇴를 선언하셨다는 걸 알고 있습니다. 사부님께선 홀로 그자를 찾으시려는 것이지요? 저는 기다리겠습니다. 십 년이고, 이십 년이고…… 나중에 사부님께서 다시 귀환하셨을 때, '그래도 제자 하나는 참 잘 두었구나'라는 칭찬을 들을 수 있게 차대 문주로서 소임을 다하겠습니다. 사종검황이란 그 위대하신 별호에 누를 끼치지 않도록…….

적전제자 승무에 대한 마지막 기억.

'올곧은 성품을 가진 녀석이었지.'

살초 위주인 사류의 검술 때문에 사파라 불렸지만 항상 남을 먼저 위할 줄 아는 인물이었다. 또 스승인 자신의 지랄 맞은 성격을 잘 받아 주며 이러쿵저러쿵 군소리하는 법 없이 무도에 정진하던 그런 훌륭한 무인이었다.

암만 생각해도 나안걸태와 같은 야심가의 손에 허무히

생을 마감하기엔 너무나 아까운 인재였다. 물론 진전을 이은 다른 문도들 역시도⋯⋯.

일이 이렇게 될 줄 알았다면 애당초 문파를 떠나지 않았을 것이다. 그랬다면 적어도 큰 희생을 줄일 수 있었으리라.

마음을 추스른 관궁이 눈을 뜨며 하늘을 올려다보았다.

시리도록 푸른 아침 하늘이 동공을 가득 채우고.

'오늘의 싸움은⋯⋯ 너희의 넋을 기리기 위함이었다. 위로가 되었느냐?'

하지만 들을 수 없는 대답.

그때 검무영의 음성이 귀에 불쑥 와 닿았다.

"애늙은이, 복수에 성공한 기분은?"

고개를 돌린 관궁이 인상을 구기며 중인이 모여 선 곳으로 다가갔다.

"쌍! 더러워. 시원할 줄 알았더니⋯⋯."

군율 일행은 돌연 안색이 흠칫 굳었다.

우리가 방금 잘못 들은 건가? 천하의 사황한테 애 늙은이라고? 게다가 당연스럽게 말을 받는 저 사황의 태도는 또 뭐지?

그들 입장에선 정말이지 불가해한 일의 연속이다.

거기서 끝이 아니었으니.

운몽향아가 갑자기 마봉의 어깨에 머리를 기대며 고혹적인 목소리를 흘렸다.

"아응, 서방님. 오늘따라 과하게 힘을 썼더니 너무 피곤하네요. 금야에 제 몸을 한층 뜨겁게 안아 주셔야 이 피로감을 지울 수 있을 것 같아요."

대붕성 일행의 눈빛이 다시 한 번 크게 흔들린다.

'서, 서방님? 세상에…… 저 여인, 파초대마후가 맞긴 한 거야?'

마봉은 질세라 한술 더 떴다.

"걱정하지 마시오, 소저! 내 모든 힘을 쏟아 부을 테니까! 그런데…… 외모를 유지할 여력이 얼마나 남았소?"

"일전에 흡수한 힘을 몽땅 다 썼어요. 호홋, 어떡하죠? 다시 원점이 되었네요."

찰나 마봉의 면상이 새하얗게 질렸다.

'으억, 젠장! 은광신응의 내단이 준 힘을 그 짧은 틈에 모조리 소모해 버렸다고?'

가만히 듣고 있던 문도들이 머리를 절레절레 흔들었다.

'또 복상사 걱정하며 날밤 새우겠지.'

검무영은 붓대를 허리 옆에 꽂곤 정문 쪽으로 성큼성큼 걸음을 옮기며 말했다.

"율. 기왕 예까지 온 것, 밥이나 먹고 가."

군율이 마지못해 고개를 끄덕인 순간 하연설이 주변을 살피더니 두 눈을 동그랗게 떴다.

"어? 조교님께서 갑자기 사라지셨어요."

그제야 다른 이들도 개새가 없어졌다는 사실을 깨달았다.

검무영이 피식 웃으며 일렀다.

"돈 벌러 갔어."

문도들 모두 어리둥절한 표정으로 그를 바라보았다.

아니, 저게 무슨 소리야?

한편, 그 시각 개새는.

팽그르르, 팽그르르, 팽그르르……!

귀여운 꼬리를 세차게 돌리며 허공을 날아 어딘가로 향하는 중이었다.

"멍, 멍!"

그런 개새 앞쪽엔 예의 커다랗고 둥근 빛무리가 빠른 속도로 나아가고 있었다.

*   *   *

정확히 열흘 후.

정오가 다 된 무렵, 개새는 등에 뭔가를 한가득 지고서 연무장에 모습을 드러냈다.

수련 중이던 문도들 모두 화들짝하며 고개를 돌렸다.

"엇!"

개새가 가지고 온 것은 다름 아닌 나안걸태의 비밀 근거지 바닥에 무수히 꽂혀 있던 신검들. 그 수만 해도 무려 일백 자루가 넘었다.

게다가 더 놀라운 점은 흡성대기공에 의해 보기 흉하게 부식되었던 신검들 전부 한 자루 예외 없이 원상회복을 한 상태라는 것이었다.

하연설을 비롯한 일동이 어안이 벙벙한 표정을 짓는 가운데 검무영이 희미한 미소를 띠며 말했다.

"좋아, 이 정도면 장사가 되겠군."

"엣? 교두님, 장사라니요?"

하연설이 당혹스러운 목소리로 묻자 검무영이 대수롭지 않은 눈빛으로 일렀다.

"보면 몰라? 칼 장사."

그에 문도들 눈길이 한쪽 바닥에 수북이 쌓인 일백여 자루의 검에 머물렀다.

칼 장사를 할 거라고? 아니, 그 전에 저 많은 칼들을 도대체 어디에서 가지고 온 거지? 보아하니 저것들 전부 범

상한 칼은 아닌 듯싶은데…… 다들 그러한 의문을 품기가
무섭게 검무영이 재차 목소리를 이었다.

"별거 아니다. 검림지존인지 뭔지, 그 녀석이 보유하고
있던 신검이야."

동시에 문도들 얼굴이 새파랗게 질렸다.

'뭐? 시, 신검?'

별거 아니기는 개뿔, 신검이 무슨 애들 장난감인가.

그 반응을 본 검무영이 어깨를 으쓱거렸다.

"뭘 그렇게 놀라."

윽, 당연히 놀랄 일이지! 라는 일동의 표정.

때마침 관궁이 휘파람을 불며 경쾌한 걸음걸이로 연무장
에 발을 들였다.

그는 지난 열흘 동안 운몽향아가 조제해 준 약을 복용하
고 또 운기요상을 꾸준히 행하여 마침내 오늘 몸 상태를 완
전하게 회복했다.

정말이지 괴물 같은 치유 능력과 회복 속도였다.

스무 개가 넘던 깊은 자상은 어느덧 흉터조차 없이 아물
었으니까. 여느 고수의 경우라면 최소 한 달 이상은 요양해
야 할 상처였는데.

이내 검무영이 선 자리로 온 관궁이 대뜸 눈살을 찌푸렸
다.

"이 식충이 새끼, 어디 가서 뭐하다가 이제 온 거야? 어!
내 병 수발이나 들 것이지!"

뒤이어 검무영을 빤히 바라보더니.

"어이, 검씨. 자세히 설명 좀 해 봐. 아까 멀리서 얼핏 듣
기로는 나안걸태 새끼가 그동안 모아 놓았던 거라면서. 저
칼들, 이미 신력을 잃어버려 고철이나 다름 아닌데 얻다가
쓰겠다는 거냐?"

하나 검무영은 대꾸하기 귀찮다는 듯 턱짓을 보냈다. 그
러자 개새가 고개를 번쩍 들곤 꼬리를 살랑살랑 흔들며 짖
었다.

"멍, 멍, 멍멍! 멍, 멍멍!"

개소리로 뭔가 설명하는 것이 분명하다.

가만히 듣고 있던 관궁의 낯빛이 어느 순간 놀라움을 담
았다.

"뭐, 뭐라고?"

개새의 설명인즉…… 일전 나안걸태가 죽었을 때 발현된
빛무리는 각종 신검에 깃들어 있던 신력이었고, 힘을 담아
두는 그릇 역할의 육신이 소멸하자 예의 신력이 본체인 검
이 꽂혀 있는 데로 선귀하리란 것을 파악한 검무영이 은밀
한 전성으로 명을 내려 자신으로 하여금 그 빛무리를 뒤쫓
아 신검 전부를 거두어 오게 했다, 라는 것이었다.

관궁이 다시 고개를 홱 돌려 검무영을 보았다.

"일이 이렇게 되리라고 처음부터 알고 있었던 거냐?"

검무영이 피식 웃는다.

말은 안 했지만 '물론'이라는 표정.

눈을 가늘게 좁혀 뜬 관궁이 소성을 흘리며 짐작 가는 바를 말했다.

"크큿. 옳아, 인제 보니 옛 친구의 눈을 속이기 위해 용신기를 쓴 거냐? 그걸 이용해 빛무리가 폭발하듯 사라져 버린 것처럼 꾸민 거지? 맞지?"

그제야 검무영이 입을 열고.

"대붕성이 무엇 때문에 새외 녀석을 노렸겠어?"

"과연…… 나안걸태와 마찬가지로 신력을 탐한 것이군. 하, 대붕성주도 욕심이 과한 새끼일세."

"뭐, 그야 현 무림의 정상에 있는 무인이니까."

"하여간 이놈이고 저놈이고 간에, 수련해서 힘을 키울 생각은 않은 채 자꾸 편법을 동원하려고 지랄이야."

기실 회검대공자로 신분을 위장했던 천패검붕 군율만 하더라도 충분히 존자의 위(位)를 넘볼 만한 공력을 가진 인물이었다. 그렇다면 그 스승인 대붕성주의 무력은 제자인 그보다 훨씬 더 강력할 것임이 틀림없었다.

그럼에도 불구하고 일신의 힘에 만족하지 못하고 신력을

탐하다니, 사람의 욕심은 끝이 없다는 말을 새삼 절감하는 그였다. 또한 그 욕심이 과하면 옳고 그름 따윈 무시하며 온갖 수단과 방법을 가리지 않게 된다는 것도……

한편 하연설, 단선후, 마봉 등을 비롯한 문도들은 개새가 뭐라고 설명한 것인지 하나도 알아듣지 못한 까닭에 연신 고개만 갸웃거릴 뿐이다.

하연설이 일동을 대표해 청했다.

"저기, 교두님. 죄송하지만 저희도 내막을 알 수 있게끔 설명을 좀……."

동시에 개새가 '내가 설명해 줄게'라는 눈빛으로 마구 짖었다.

"멍멍, 멍, 멍멍멍! 멍멍, 멍! 멍멍!"

하나 그럴수록 문도들 표정은 구겨지고.

젠장, 하나도 못 알아듣겠다고! 우리가 무슨 교관님인 줄 알아!

그런 속내를 읽은 듯 검무영이 일렀다.

"정 궁금하면 개소리 알아듣는 법을 배우든가."

다시 한 번 보기 흉하게 구겨지는 면상들.

제발 말이 되는 소리를 해! 그걸 무슨 수로 배운단 말이야!

이어지는 관궁의 놀림.

"너희 같은 돌대가리 것들은 내가 가르쳐 준다고 해도 늙어 죽을 때까지 못 깨우쳐. 캬하하하하!"

그 순간.

『자기는 뭐 똑똑한 줄 아나 보지?』

소성을 뚝 그친 관궁의 표정이 돌처럼 굳었다. 그러곤 조용히 개새 쪽으로 눈길을 돌렸다.

똑바로 마주하는 시선.

"너, 너…… 이 개새끼, 설마 진짜로……."

불현듯 예전 자신의 머릿속을 울렸던 정체불명의 혜광심어가 생각났다.

─꼴좋다. 좆도 아닌 게…….

'미친! 개새가 혜광심어를 사용할 줄 안다고?'

그러한 의혹에 화답하듯 곧바로 머릿속을 울리는 소리.

『나더러 만날 개새끼래, 나보다 어린 애새끼 주제에.』

'어억! 이, 이런 어처구니없는……!'

경악도 잠시, 이내 불길 같은 노성이 터져 나온다.

"쌍, 뭐가 어쩌고 어째? 애새끼?"

파바밧!

개새가 지면을 박차고 저편으로 도망치자 관궁도 질세라

경공술을 전개하며 소리쳤다.

"내 오늘 저놈의 똥개를 잡아 죽이지 않으면 사람이 아니다!"

그렇게 개새와 관궁이 순식간에 사라져 버리자 문도들은 저마다 어리둥절해했다.

"아니, 갑자기 왜 저러시지?"

"그, 그러게 말이야."

그때 검무영이 무심한 목소리를 발했다.

"보아하니 개새가 혜광심어로 애늙은이를 조롱한 모양이야."

"에엑?"

너 나 할 것 없이 얼굴이 새하얗게 질린 순간 검무영의 검지가 한 초등생을 가리켰다.

"당장 가서 정비사 불러와."

"아, 아, 알겠습니다."

가까스로 정신을 차린 초등생이 만능전을 향해 부리나케 사라진 직후 묵직한 쇳소리와 함께 정문이 열렸다.

그 사이를 통해 운몽향아가 모습을 드러냈다.

"밥 주고 오는 길인가?"

검무영의 물음에 그녀가 생긋 웃으며 고개를 끄덕거렸다.

"후훗. 네, 청풍표국 출범을 앞둔 터라 다들 한껏 들떠 있더군요."

"쟁자수들 공부는?"

"다행히 일정 수준 이상에 도달했어요. 앞으로 표행을 병행하며 꾸준히 단련한다면 어지간한 문파의 정예 전력보다 나을 거예요. 그리고 곡혼량의 경우 국주와 표두가 말하길 조만간 표사로 편입될 예정이라고 해요. 그만큼 일신의 무공이 일취월장했다는 뜻일 테니 좋은 일이죠."

"흠, 괜찮군."

검무영이 흡족한 표정을 지은 찰나 운몽향아가 한쪽에 수북이 쌓여 있는 신검들을 눈동자에 담으며 뜻밖이라는 듯 물었다.

"어머나, 저게 다 뭐죠?"

하연설이 이때다 싶어 보챘다.

"교두님! 저희 그만 골리시고 제발 가르쳐 주세요."

한데 갑자기.

저벅저벅 걸음을 뗀 검무영이 그런 하연설 면전으로 바짝 다가섰다.

저도 모르게 움찔하는 그녀.

검무영이 씩 웃었다.

"입 맞춰 주면 가르쳐 주지."

예상치 못한 말에 하연설의 옥용이 일순 새빨갛게 달아 올랐다.

"느, 느닷없이 무슨……!"

문도들 역시 당혹스럽기는 마찬가지였다.

'헉! 저, 저거 지금 교두님께서 하 사저한테 마음이 있다는 걸 드러낸 것 아냐? 분명 그런 거지?'

그렇듯 똑같은 생각들.

선우경리가 얼른 전음을 보냈다.

『대사저, 아무래도 교두님께서 공개적으로 고백을 하시는 것 같은데요?』

그에 하연설은 더욱더 어쩔 줄을 몰라 했다.

'꺅, 어떡해! 다들 보는 앞에 부끄럽게…….'

심장이 격하게 두근거린다.

뭔가 반응을 보이긴 보여야 할 것 같은데, 이런 경우가 처음이라 도무지 갈피를 잡기가 힘들었다.

검무영이 재차 짓궂은 물음을 던지고.

"나랑 입 맞추기 싫나?"

"아, 아니…… 그, 그러니까 그게……."

눈조차 마주치지 못하고 고개를 숙이는 그녀.

돌연 검무영이 신형을 획 돌려 예의 자리로 가 서더니 뒷짐을 졌다.

"장난이야."

그러자 문도들 모두 허탈한 표정을 짓는 가운데 운몽향아가 까르륵 웃으며 말했다.

"장난이 아닌 것 같은데."

하나 검무영은 듣는 둥 마는 둥 싹 무시하곤 일련의 사정을 가르쳐 주었다. 그 이야기를 모두 들은 일동은 저마다 놀란 기색을 감추지 못했다.

'허……! 교두님 능력은 진짜 불가해하다니까!'

그때 예의 초등생과 함께 당능통이 장내에 나타났다.

"절 부르셨습니까? 교두님."

검무영은 눈짓으로 화답하기가 무섭게 나지막이 물었다.

"신병이기에 대해서 잘 알지?"

"예. 전부 알지는 못하지만…… 도감에 기록된 것은 빠짐없이 기억하고 있지요."

"그럼 저 중에 적당한 걸로 하나 골라 봐."

"예?"

"돈 벌어야지."

"……?"

*　　　*　　　*

청풍표국 경내의 널따란 정원엔 막 점심 식사를 끝낸 국주 신율과 휘하 인원이 나무 그늘 아래 모여 앉아 휴식을 취하고 있었다.

그때 검무영이 예고도 없이 담장을 훌쩍 넘어 정원으로 발을 들였다.

국주, 표두, 표사, 쟁자수 모두 신속히 신형을 일으켜 세우며 정중한 예를 갖췄다. 그러자 검무영이 심드렁한 목소리를 발했다.

"준비는 됐나?"

신율이 조심스럽게 반문한다.

"예?"

"첫 번째 표행 말이야. 청풍표국은 오늘부로 정식 개업이다."

"아⋯⋯! 버, 벌써 의뢰인이 나타났습니까? 아직 제대로 선전하지도 않았는데. 그나저나 누구입니까?"

검무영이 의미심장한 표정을 짓더니 검지로 자신을 가리켰다.

"나."

청풍표국 일동은 저마다 멍한 표정을 지으며 검무영의 얼굴을 바라보았다.

이내 신율이 물음을 던지고.

"교두님, 그게 무슨 말씀인지……?"

"내가 의뢰인이라고. 자, 맡길 물건."

검무영은 그 말과 함께 왼쪽 어깨에 지고 있던 기다란 짐을 바닥에 툭 놓았다.

신율이 이내 천을 벗겨 내자 갈색의 목갑 하나가 모습을 드러냈다.

중인의 시선이 집중된 가운데 조심스럽게 뚜껑을 열자 그 속엔 장검 한 자루가 끈으로 고정된 채 뉘어져 있었다.

예사롭지 않은 예기를 발산하는 칼날.

신율은 곧 은빛 칼자루에 선명히 아로새겨진 네 글자를 발견했다.

"음? 태원신검(太元神劍)?"

그와 동시에 백리대약이 두 눈이 급격히 커졌다.

"예? 태원신검이라면 혹 공동파(崆峒派)의 신물이 아닙니까?"

공동파는 도가의 요람지 중 하나인 감숙성 공동산(崆峒山)에 위치한 정도 문파였다. 그리고 태원신검은 삼십여 년 전 공동파의 장문인 오진도인(晤進道人)의 의문스러운 죽음과 더불어 소실된 신물이었다.

"검림지존이 가지고 있던 걸 개새가 모조리 긁어 왔어. 거기에 섞여 있었지. 그러니까 가서 전해 주고 와. 사례금도 꼭 챙기고."

직후 백리대약이 나지막이 감탄하며 짐작 가는 바를 말했다.

"역시나 오진도인을 살해한 것도 새외 무리였군요. 그런데…… 흡수를 당한 신력은 복원된 것입니까?"

고개를 끄덕인 검무영이 명령했다.

"출발은 금야 술시(戌時: 오후 7시─9시). 자세한 이야기는 영양사가 저녁 챙겨 주러 왔을 때 듣도록 하고, 너희는 그때까지 모든 채비를 마쳐라."

그렇게 그가 신형을 뒤돌리려는 순간 신율이 물었다.

"교두님, 표행 인원은 몇 명으로 꾸리는 게 좋겠습니까?"

멈칫한 검무영의 입술 사이로 내뱉어지는 심드렁한 목소리.

"전부 다."

"예? 그, 그렇게나 많이……?"

"개업 시작을 알리는 표행인데 열외가 있으면 쓰나. 왜, 막상 일하려니 귀찮은 건가?"

"아, 아닙니다! 그럴 리가요. 오히려 이때가 오기만을 기다렸습니다! 제 직함을 걸고 반드시 공동파로의 표행을 완수하겠습니다!"

검무영이 가만히 고개를 돌리고는.

"거는 기대가 크다."

"예, 교두님! 염려 마십시오!"

신율, 백리대약 등 전원이 입을 모아 대답하자 검무영은 머리를 한 번 가볍게 주억이곤 순식간에 모습을 감췄다.

뒤쪽에 자리한 하후금이 눈동자를 빛내며 말을 꺼냈다.

"국주님, 공동산으로 향하는 일련의 길은 아주 험할 것입니다. 또한 녹림(綠林) 패거리가 유독 많은 지역이라 각별히 주의할 필요가 있습니다. 게다가 감숙성과 사천성 북쪽 경계를 장악하고 있는 녹림패는 최근 십 년 사이에 사파의 새로운 강성 세력으로 급부상한 교룡채(蛟龍寨)인데…… 그곳의 두목이 너무나도 유명한 강자입니다. 무림에선 흔히들 교룡검왕(蛟龍劍王)이라 칭하지요."

일순 신율의 눈썹이 꿈틀 치솟는다.

"교룡검왕?"

신율도 그렇고 백리대약도 그렇고, 긴 세월을 은거한 까닭에 처음 듣는 별호였다.

하후금이 재차 목소리를 이었다.

"예, 철붕대전 때 사천성의 무백들 중 상위에 꼽히는 아미파 장문인 법연사태(法然師太)가 대붕성 편에 선 그와 대적을 했는데…… 듣자 하니 그때 일백 합을 나누고도 승패를 가리지 못했다고 합니다. 기실 법연사태는 사천성 정파 협회주 무학선생에 필적하는 무위를 자랑하는 터라 다들 그 소문을 듣고 놀라워해 마지않았지요."

그 말에 백리대약의 낯빛이 살짝 굳었다.

'허어, 아미파 장문인이⋯⋯?'

그러다가 신율을 보며 나지막이 말했다.

"국주님의 별호인 혈수검왕과 마찬가지로 교룡채주가 '왕'의 칭호를 얻었다는 것은 그 일신의 무력이 범상치 않다는 것을 대변함이나 다름 아닙니다. 더욱이 대(大) 아미파를 이끄는 법연사태가 고전했을 정도이니⋯⋯ 교룡채를 각별히 신경을 써야 하겠습니다."

잠깐 뭔가를 생각하던 신율이 일동을 바라보며 일렀다.

"첫 번째 표행이라 가급적이면 충돌을 피하는 것이 좋을 터. 지금부터 다들 입단속을 하거라. 만약 공동파의 신물을 운반한다는 소문이 퍼지면 교룡채만이 아니라 다른 무리까지 가세하며 일이 복잡해질 테니까 말이다."

일동이 일제히 고개를 끄덕거리며 대답했다.

"알겠습니다, 국주님."

남녀의 물결이 넘실대는 어느 번화가.

나그네로 변장한 검무영은 주변을 살피더니 잠시 후 유

난히 손님이 많은 삼 층 주루를 눈동자에 담았다.

"일단 저곳을 시작으로 소문을 퍼뜨려 볼까."

그는 그렇게 화려하게 늘어진 주렴을 걷고 주루 안으로 발을 들였다.

*　　　*　　　*

호북성 의창의 한 커다란 객잔.

꼭대기 층의 창가에 자리한 천패검붕 군율은 노을 낀 하늘을 물끄러미 바라보다가 조용히 술병을 기울였다.

쪼르르르륵…….

그윽한 향을 가진 맑은 술이 잔을 찰랑찰랑 채우고 든다.

군율은 단숨에 잔을 비우곤 재차 창밖으로 시선을 던졌다.

'너를 마지막으로 보았을 때도 하늘은 저렇듯 붉은 빛깔로 물들어 있었지. 또한 주변의 땅엔 그 하늘만큼이나 시뻘건 피가 가득했고…….'

문뜩 한 사내가 나타나 탁자 맞은편에 착석했다.

붕우회의 회주, 붕익신검자 포립이다.

"도련님, 무슨 생각을 그리 깊게 하십니까? 혹 성주님 문책을 걱정하시는 겁니까?"

그러자 군율의 눈길이 그의 얼굴에 머물렀다.

"그리 보이는가?"

"비록 오랜 계획이 수포로 돌아갔지만…… 이는 도련님 잘못이 아니지 않습니까. 필요하다면 제가 적극 변호하겠습니다."

포립의 말에 군율의 입가에 미소 비슷한 것이 스쳐 지나갔다.

"청풍검문의 교두 검무영, 그는 내 어린 시절의 추억을 함께한 친구이다."

"예, 들었습니다."

"솔직히 죽은 줄 알았지. 너무나도 오랜 시간 소식이 끊겼으니까. 지금 내가 걱정하는 것은 바로 그, 검무영이다."

"흠……."

순간 군율의 목소리가 무겁게 가라앉았다.

"포 회주, 그대는…… 내가 이 자리에 오르기까지 얼마나 고생을 했는지 잘 알고 있을 터."

"물론입니다. 어느 누구보다."

"한데 말이다. 만약 검무영이 향후 내가 걷는 길의 방해 요소로 작용한다면, 아니…… 본 성의 행보에 걸림돌이 되려 한다면 과연 그를 마음 놓고 벨 수 있을까? 그리고 그 녀석 역시도 날 상대로 살의를 드러내게 될까?"

"과거에 두 사람 사이의 정이 얼마나 깊었던 건지 알 수 없습니다만…… 도련님께선 그때가 되면 단호히 그를 베실 수 있으리라고 여깁니다. 제가 이제껏 보아 온 도련님은 그런 분이셨습니다. 또한 그 모습에 반해 성주님의 제안마저 거절해 가며 도련님을 모시고 있는 것이고요."

"정을 떠나서 그는 어릴 때 내 목숨을 구해 주었던 첫 번째 은인이다. 그가 없었다면 차후 두 번째 은인이신 성주님을 뵙지도 못했겠지."

흠칫한 포립이 나지막이 말했다.

"사연이 자못 궁금하군요."

그러자 군율이 술잔을 따르며 고개를 끄덕였다.

"마시면서 이야기해 주지. 그리고…… 이 술병을 다 비웠을 때, 검무영에 대한 정은 더 이상 내 가슴속에 남아 있지 않을 것이다."

*　　　*　　　*

진천당가 내 북쪽의 전각.

당효악은 집무실 책상에 앉아 서류를 정리하고 있었다. 그때 문밖에서 인기척이 나더니 누군가의 목소리가 들렸다.

"가주님, 계십니까? 지금 막 복귀했습니다."

"안 그래도 기다리고 있었네."

허락이 떨어지기가 무섭게 격자문이 열리며 잿빛 머리칼을 가진 사십 대 후반의 무인이 조용히 발을 들였다.

백색 무복을 두른 그는 바로 당문신보대 대장 비천일익 경렴이었다.

당효악이 두 눈을 빛내며 물었다.

"어찌 되었는가? 다른 사람도 아닌 검 교두의 부탁이니 제대로 된 정보를 주어야 할 것이네."

"역시 제 예상이 맞았습니다. 일전 사종검황의 손속에 당해 도망친 자는 단두혈맹 사천 지부의 자객인 것으로 확인되었습니다."

"그렇다면 당시 도망친 자의 정체가 지부장인 은형살귀인가?"

그러자 경렴이 난색을 표했다.

"음, 죄송하지만 그것까진 미처 파악하지 못했습니다. 자칫하다간 단두혈맹 쪽에 역으로 추적을 당할 염려가 있기에 아주 조심스럽게 수소문을 한 터라…… 하지만 일련의 정황으로 봤을 때 은형살귀일 가능성이 십중팔구입니다."

"단두혈맹이라, 허어."

당효악은 수염을 쓰다듬으며 두 눈을 지그시 감고는 잠시간 생각에 잠겼다.

별안간.

"단두혈맹이라고?"

귓전에 불쑥 와 닿는 목소리와 동시에 문이 벌컥 열렸다.

화들짝 놀란 경렴이 고개를 뒤돌리자 기다란 묵필을 허리에 건 검무영의 모습이 보였다.

감았던 눈을 뜬 당효악이 미소 띤 얼굴로 점잖게 인사했다.

"어서 오시오, 검 교두. 참 귀신같이 나타나는구려."

반면 경렴은 저도 모르게 긴장해 신속히 포권을 취하며 말을 더듬거렸다.

"거, 검 교두님을 뵙습니다."

검무영이 심드렁하게 대꾸했다.

"누가 잡아먹는 것도 아닌데 왜 그렇게 겁을 먹어?"

경렴으로선 그럴 수밖에 없었다. 이미 인세를 초월하다 못해 하늘에 도달한 듯한 검무영의 말도 안 되는 무위를 자신의 두 눈으로 목도했으니까.

이내 자리에 앉은 검무영이 물었다.

"당 가주, 단두혈맹이라면 중원 최고의 살수 조직 아니오?"

"그렇소. 단두혈맹의 근거지는 섬서성인 것으로 짐작되는데…… 그 정확한 위치는 아무도 모른다오. 일단 기습을 대비하는 쪽으로 계획을 잡는 게 좋을 것 같소만."

당효악의 말에 검무영이 책상을 가볍게 탁! 치며 고개를 가로저었다.

"내게 계획이 있소. 이번 일은 본 문이 알아서 할 테니 더 이상 도움을 주지 않아도 괜찮소."

조용히 마주치는 시선.

당효악은 곧 희미한 웃음을 흘리며 말했다.

"눈빛을 보니 진심인 듯싶구려. 알겠소, 아무쪼록 숙부님께 안부나 전해 주시오."

그때 가만히 눈치를 살피던 경렴이 말문을 열었다.

"저…… 한 가지 더 보고 드릴 것이 있습니다. 아무래도 두 분 모두 알고 계시는 편이 좋을 것 같아서……."

"듣지."

당효악의 대꾸에 경렴이 한층 목소리를 낮춰 보고했다.

"실은 새외 서쪽의 마도 패거리의 움직임이 심상치 않아서 말입니다. 듣자 하니 얼마 전 천마신교와 혈교 사이에 큰 다툼이 났다고 합니다."

"무어라?"

당효악이 놀란 표정을 짓는 가운데 경렴이 이야기를 이

어 나갔다.

"아직 소문일 뿐입니다만…… 혈교가 최근 들어 만년한
철을 다량 분실했는데, 교주인 혈마대제(血魔大帝)는 그것
을 최대 경쟁 세력인 천마신교의 소행이라 여겨 선전포고
와 함께 일전을 시작했다는 것 같습니다."

찰나 검무영이 갑자기 헛기침을 내뱉더니 신형을 일으켜
세웠다.

"어험, 그럼 난 이만……."

눈 깜짝할 사이에 바람처럼 사라져 버리는 그.

순간 당효악의 동공이 급격히 확장되고.

'만년한철을 다량 분실해? 서, 설마…….'

동시에 현 청풍검문의 정문으로 사용되고 있는 시커먼
철문이 그의 뇌리를 스쳐 지나갔다.

第七章
도발(挑發)

등잔 불빛의 음영이 출렁이는 내실에 검무영과 관궁이
마주 앉아 대화를 나누고 있었다.

"뭐? 단두혈맹? 그것들, 중원 최대의 자객 집단이잖
아?"

관궁의 물음에 검무영이 고개를 끄덕이며 붓대를 어루만
졌다.

집무실 책상 한쪽엔 진천당가로부터 온 단두혈맹과 관련
한 자료가 수북이 쌓여 있었다.

기실 단두혈맹 자체가 흑막 속에 파묻혀 은밀히 움직이
는 단체라 자세한 내막까진 기록되어 있지 않았지만 총부

와 각 지부의 대략적인 소재 지역, 세인의 이목을 집중시킨 굵직한 살행들, 그리고 표면적인 조직 체계 등 당장 필요한 여러 가지 정보를 얻는 데엔 큰 무리가 없었다.

"크큭. 괴물 영감을 배신했던 놈의 진전을 자객 집단이 얻었다? 이거 구미를 돋우는군."

그렇게 말한 관궁이 손을 뻗어 예의 자료를 살피더니 잠시 후 검무영의 얼굴을 똑바로 바라보았다.

"비록 은형살귀란 애송이가 일신의 공력은 부족했어도 쾌검술을 운용하는 일련의 요체는 제대로 파악하고 있었지. 하나 지부장에 불과하다는 것은 곧…… 다른 누군가로부터 변절자의 책자 사본을 받았다는 의미일 터. 내가 짐작하기엔 책자의 진전을 모두 깨우친 놈이 아마 총부의 우두머리일 듯싶다."

총부의 우두머리는 다름 아닌 구유사신 번암.

검무영도 그 말에 동의하는지 희미한 미소로 대답을 대신했다.

"너, 미친 지옥도를 폐한 뒤 청풍검문으로 발을 들이기 전까지 그 육 년의 공백 동안 변절자의 행적에 대해 조사하고 다녔던 것 아니냐?"

"맞아."

"킥, 역시 그랬군. 여하간 그놈이 제 무공을 책자로 남겼던 게 확실해?"

"일단 내가 알아본 바로는 그래. 그가 죽은 뒤 정파와 사파가 책자를 가지기 위해 다툼을 벌였다는 것도 확인했고."

"천무외, 그놈. 더러운 변절자 주제에 감히 괴물 영감의 진전을 이용해 용문검황이라 불리며 온갖 영화를 다 누리다가 뒈졌지. 짐작건대 후계자를 따로 두지 않은 이유는 자신이 이룬 공부로 수백 년은 너끈히 견딜 수 있으리라 여긴 것이겠지만…… 후훗, 제 능력을 너무 과신했어. 용신기도 온전하게 계승하지 못했던 새끼가 말이야."

그러더니 이마를 가볍게 치며 피식 웃었다.

"풋, 하기는 과신할 만도 하겠구나. 괴물 영감한테 배운 게 어디 세상에 있을 법한 무공이냐? 그 절반 정도만 성취해도 '황'의 칭호를 얻을 수 있다는 걸 천무외 놈이 몸소 증명했는데. 괴물 같은 널 봐라. 내가 예전에 널 처음 보았을 때…… 얼마나 크나큰 충격을 받았는지 알아?"

문득 그때를 떠올린 관궁이 몸서리를 치며 고개를 절레절레 흔들었다.

"새삼스럽긴."

검무영은 어깨를 으쓱거린 후 다시 말을 이었다.

"이유야 어떻든 간에 영감과 나를 대신해 벌을 내려 준

천마신교가 감사하군."

　그 감사한 천마신교는 지금 만년한철 분실 사태로 말미암아 혈교의 오해를 사는 바람에 치열한 싸움을 전개 중인데…….

　"카하핫. 그러고 보니 마도 패거리 저력도 참 대단해. 그당시 적수가 아예 없다던 놈한테 놀랍게도 치명상을 안겼으니…… 나도 새외 마두랑 싸워 봐서 알지만 그것들 무력은 아주 기오막측하지. 그래도 좀 아깝지 않아? 네 손으로 직접 죽이지 못했으니."

　"뭐, 그야 그렇지만 무려 오백여 년 전이잖아. 어쩔 수없는 일이야. 게다가 천무외가 그렇게 도망치지 않았으면내가 영감에 의해 목숨을 건지고 차대 검룡제로서 선택될일도 없었겠지."

　그 말에 관궁이 인상을 한껏 구기며 구시렁거렸다.

　"크흑! 놈이 그냥 얌전히 처박혀 있었으면 나 또한 그 지옥도에 갇힐 일도 없었을 텐데. 생각해 보니 한층 괘씸하군, 빌어먹을 변절자 놈!"

　"그래서 불만인가? 그 덕분에 네 문파의 복수를 이뤘으면서."

　순간 관궁이 움찔하더니 중얼댔다.

　"끙, 달리 할 말이 없네."

"배울 당시엔 죽을 만큼 괴로웠어도 지금은 더없이 만족하고 있다. 보다시피 그로 인해 청풍검문 교두가 되어 아주 흥미로운 나날을 보내고 있으니까."

검무영의 말이 끝나기가 무섭게 관궁이 의미심장한 표정으로 물었다.

"전부터 말했다시피 몹시 궁금해서 그러는데 말이다. 청풍검문에 온 진짜 이유가 무어냐? 혹시 연설 그 계집 때문이야?"

"잘 아네."

창졸간 관궁의 두 눈이 휘둥그레지고.

"뭐! 사실이야?"

"뭘 그렇게 놀라지?"

"너…… 너 이 새끼, 그 말은 곧 하씨 년을 가르치며 환심을 산 다음 나중에 밤마다 운우지락을 즐기려는 목적…… 끄아악!"

순식간에 대갈통을 휘갈긴 붓대가 제자리로 돌아가고.

"네 골통엔 그런 생각밖에 없나?"

"큭! 그럼 뭔데, 망할 놈아!"

"그녀의 놀라운 재능."

"……"

"내가 지난 육 년 동안 천무외의 흔적만 조사하고 다닌 줄 알아?"

"그 외에 다른 목적도 있었다는 건가?"

"청풍검문엔 도합 열 자루의 보검이 있었지. 그중 역대 문주의 신물인 신풍이란 검이 어디로 사라진 것인지 찾으러 다녔어. 물론 성과는 없었지만."

"왜?"

그렇다, 왜?

가장 궁금한 점은 바로 그것이다.

하나 검무영은 즉답을 주지 않고 머리 뒤로 깍지를 끼며 말을 돌렸다.

"아무튼 우리가 당장 해야 할 일은 변절자의 명맥이 더 이상 이어지지 않도록 만드는 거다. 모름지기 절륜한 무학은 그것을 습득한 사람에 따라 얼마든지 악용될 우려가 있으니까."

크악, 궁금하다고! 이 썩을 놈아!

관궁은 그렇게 다그치고 싶었지만 애써 속에 꾹 눌러 담았다.

두 눈을 지그시 감은 검무영이 나지막이 일렀다.

"영감은 숨을 거두기 전까지도 오직 그 점을 걱정했어."

그에 관궁의 머릿속에 한 노인의 얼굴이 스쳐 지나간다.

"그래, 특히 괴물 영감이 남긴 진전이라면 더욱더……

그나마 한 가지 다행이라면 변절자가 갑작스레 돼지며 반쪽짜리 용신기가 대물림되지 않았다는 점이지. 참, 넌 어떡할 셈이냐?"

"어떡하다니?"

"청풍검문 적전제자들 중 한 명을 너의 정식 후계자로 만들 계획 아니야?"

"훗, 무슨."

검무영이 그렇게 입꼬리를 올리더니.

"청풍검문에 속한 전원한테 진전을 남길 거야. 물론 가장 재능이 높은 녀석은 모든 것을 받게 될 테고."

"그, 그런……."

뜻밖이라는 듯 관궁의 표정이 굳었다.

모종의 이유로 청풍검문 성장에 공을 들인다는 것은 알겠는데, 그 정도로 정성을 쏟아부을 작정일 줄은 미처 예상 못 했다.

검무영은 그 표정을 본체만체하며 제 할 말만 내뱉었다.

"단두혈맹의 총력은…… 확실히 수준이 높아. 신병이기의 신력만 믿고 그 요체를 온전히 사용하지도 못한 새외 무리와 비교하더라도. 무엇보다 천무외의 책자를 얻은 것으로 짐작되는 번암이란 자, 아마도 존자 반열에 능히 들 정도의 실력자일 것임이 분명해."

콧방귀를 뀐 관궁이 가슴 앞으로 팔짱을 척 꼈다.

"그래 봐야 똥이야, 똥! 개새 놈이 싸는 똥보다도 못한 최하의 똥! 됐고, 정체를 파악했으니 어서 일이나 벌여 봐. 난 싸우는 게 낙이니까."

"쉴 틈 없이 싸울 거리가 생기니 재미있는 모양이지? 거 봐, 내 말이 맞잖아."

"그래, 현 강호는 의외로 재미있다! 됐냐?"

여전히 투덜거리는 말투. 그렇지만 입가에 희미하게 맺히는 웃음기는 어떻게 감출 수가 없다.

그때 검무영이 목소리를 툭 던졌다.

"조만간 떡밥을 마련해야겠군. 단두혈맹이란 고기 떼가 모여들게끔."

＊　　　＊　　　＊

딸가닥.

방문을 열고 회랑으로 나온 하연설은 곧장 내원의 뜰로 나아갔다.

뽀얀 달빛이 그녀를 비추는 가운데 연홍색 입술 사이로 나지막한 한숨이 '하아' 하고 뿜어졌다.

오늘따라 잠을 이루기가 쉽지 않다.

이유는 하나.

다름 아닌 검무영이란 사내 때문이다.

'아이 참! 왜 다들 보는 앞에서 그런 짓궂은 장난을 쳐서……'

요즘 들어 자꾸만 검무영이 신경 쓰였다.

밥을 먹을 때도, 수련이 끝나고 휴식을 취할 때도, 다른 사람과 대화를 나눌 때도…… 자신의 모든 신경이 검무영을 향하고 있음을 느꼈다.

　　—입 맞춰 주면 가르쳐 주지. 나랑 입 맞추기 싫나?

아까 낮에 들었던 목소리가 뇌리를 맴돌았다.

'이러면 안 되는데, 이 중요한 시기에……'

말 그대로 정말 중요한 시기였다.

일련의 수련을 통해 쾌검의 요체를 제대로 깨우쳐 나가고 있었으니까.

현재 임하고 있는 수업은 검을 이용해 문장을 쓰듯 휘두르고 내찌르는 것. 또 거듭 진일보한 내공과 더불어 검술의 속도를 배가시키는 기의 운용법도 배워 나가는 중이었다.

어렵지만 그만큼 묘용을 하나씩 깨우칠 때마다 이루 형

언하기 힘든 짜릿한 쾌감이 몸과 마음을 지배하고 들었다. 그 성취감이란 이전까지 수행했던 것과 비교를 불허할 정도였다.

제대로 된 검도 고수가 되어 가고 있다는 기분, 그것은 막연한 기대가 아니라 확신이었다.

모든 게 결과로 나타났다.

청풍검결에 있는 초식에 얽매이지 않고 쾌검 그 자체의 핵심적인 부분을 이해하기 시작하자 전에는 보이지 않던 검로마저 보였던 것이다.

바로 그때.

저편 정당의 문이 조용히 열리더니 검무영이 밖으로 나왔다.

하연설은 순간 얼음이 되었다.

'아……!'

두근두근, 겨우 진정시킨 가슴이 또 뛴다.

무슨 마력에 이끌린 것처럼.

검무영을 보게 되면 심장은 자신의 제어를 벗어나 제멋대로 반응을 한다.

이내 그녀를 발견한 검무영이 가까이로 다가와 섰다.

"뭐하고 있어? 잠 안 자고."

"아…… 그게……."

하연설은 저도 모르게 얼굴이 빨개져 고개를 숙였다. 왠지 부끄러운 마음에 상대의 눈을 똑바로 쳐다보기가 힘들었다.

별안간 검무영이 우수를 하연설의 어깨 위에 살며시 얹혔다.

'앗.'

심장 박동이 한층 격해지고.

마침 주위엔 아무도 없다.

있는 것이라곤 그윽한 달빛과 어우러진 시커먼 어둠뿐.

설마 입을 맞추는 건가?

하연설이 문득 그런 생각을 한 찰나 검무영의 입이 열렸다.

"아무튼 드디어…… 때가 된 것 같군."

"네?"

그러자.

"내가 청풍검문에 오게 된 결정적인 이유."

그와 동시에 하연설은 거짓말처럼 두근거림이 사라지는 것을 느꼈다.

검무영이 다시 목소리를 잇고.

"아직 아무한테도 말하지 않았다. 그 누구보다 네가 가장 먼저 알아야 할 사실이니까."

고개를 든 그녀의 똥그란 눈망울이 상대의 입술을 바라본다.

"날 예정에도 없던 이곳으로 이끈 사람은…… 바로 전대 문주 조휴다."

"전대 문주님께서……?"

당황한 목소리, 그리고 흔들리는 표정.

검무영이 그런 하연설을 향해 재차 확인시켜 주었다.

"그래, 조휴. 아, 내가 실수했군. 그래도 본 문의 교두인데 존칭을 붙이는 게 마땅하겠지. 여하간 난 전대 문주님과의 인연으로 이곳에 오게 된 거야."

순간 하연설의 뇌리로 어린 시절 자주 보았던 조휴의 얼굴이 떠올랐다.

과거 혈수검왕 신율과 더불어 사천쌍벽이라 일컬어진 청풍검왕 어륜의 진전을 고스란히 계승한 검수, 그리고 어륜이 타계하자 새로운 문주가 되어 철붕대전에 참전하기 전까지 사천성 무백 반열의 한 명으로서 무명을 떨친 강자.

당시 조휴는 늘 교만을 삼가고 공손한 몸가짐을 보여 뭇 사람의 존경과 신뢰를 받았다. 재덕겸비의 표본이나 다름 아닌 인물이라 할 수 있었다.

당시 장로 신분이던 조부 하육기는 버릇처럼 그렇게 말했다.

―조 문주님께서 계시는 한 청풍검문은 오래도록 사천성 명문 검파로서 역사에 기록될 것이야. 연설 아, 너도 올곧은 문주님을 본받아 매사 노력과 정성을 기울이고, 약자의 입장을 헤아릴 줄 알고, 또 사려 깊게 행동하는 사람이 되어야 하느니라.

　그 정도로 품성이 좋은 사람이었다.

　어륜의 후인답게 강단도 있었다.

　상대가 윗사람이라 하여 그 말을 무조건 따르는 법이 없었고, 자신보다 아랫사람이라 하여 그 말을 무조건 무시하지도 않았다. 그러기에 앞서 옳고 그름부터 먼저 따졌다.

　하육기는 비록 연장자였지만 조휴의 그러한 점을 아주 높이 샀고, 문중의 대소사와 관련한 논의를 할 때면 그의 조언을 가장 중요시했다.

　사람이 많이 모인 곳에 어찌 불만이 없을 수 있겠냐마는, 조휴는 일을 최대한 합리적으로 해결했기에 타 문파와 비교해 내부 불만이 적은 편이었다.

　오죽하면 사천성 내의 여러 문파 무인들 입에서 '우리 문주님도 저 청풍검문주만 같았으면' 하는 소리까지 나왔을까.

그토록 훌륭한 인물이었는데…… 하늘이 그 고귀한 품성을 시기했던 것인지 마흔다섯 살의 나이로 짧은 생을 마감하고 말았다.

철무련의 청을 받고 사문의 정예 전력을 모조리 이끌고 떠나던 날, 하육기를 비롯한 문중 사람들 전부 그가 무사 귀환하리란 것을 믿어 의심치 않았다. 그렇지만 시간이 흘러 막상 그들 앞에 나타난 것은 조휴를 포함해 전원 전사했다는 비보만이 전부였다.

하육기는 자신의 아들 부부가 역병으로 쓰러져 죽었을 때처럼 몹시도 슬퍼했다. 한동안 식음을 전폐했을 만큼 크나큰 비통함에 빠져 지냈다.

조휴의 별호인 청풍대정협(靑風大正俠)은 그렇게 급속도로 빛을 잃어 갔고, 덩달아 청풍검문의 위상도 곤두박질치기 시작했다. 또한 육 년이란 세월이 지나자 청풍대정협과 청풍검문이란 이름은 더 이상 세인들 입에 오르내리지 않았다.

"됐지?"

검무영의 갑작스러운 음성에 하연설이 당혹스러운 얼굴로 반문했다.

"에……?"

되다니, 뭐가? 라는 눈빛.

"내가 여기 온 이유가 궁금해서 여태 잠 못 자고 있던 것 아닌가? 자, 이제 말해 줬으니 잡생각 그만하고 냉큼 들어가서 자도록 해."

'악! 지금 장난해?'

하연설은 어처구니가 없었다.

잠을 자기는 개뿔, 이러면 더 궁금해서 되레 날밤을 새울 것 같은데.

"왜?"

검무영의 심드렁한 물음에 하연설이 눈썹을 추켜세우며 뾰족한 목소리를 토했다.

"아니, 사연을 꺼내셨으면 마저 다 해 주셔야죠!"

그는 잠시간 그녀의 옥용을 주시하고는.

"귀찮아."

퉁명스러운 대꾸와 함께 중문 쪽으로 성큼성큼 나아간다.

"이잇, 잠깐만요! 교두님!"

걸음을 멈칫한 검무영이 이내 고개를 뒤돌렸다.

성가시게 굴지 마, 딱 그런 표정인데.

그래도 하연설은 곱게 물러서지 않았다.

"이러시는 법이 어디 있어요! 차라리 첨부터 이야기를 꺼내지 마시지, 도대체⋯⋯."

대뜸 말꼬리를 자르는 검무영의 목소리.

"스물여섯 살."

"그, 그건 또 무슨 뚱딴지같은 말씀이죠?"

"내 나이."

"……."

"나에 대해서 궁금해하고 있었잖아. 그래도 부족한가? 이 정도면 많이 가르쳐 준 거야."

천연덕스러운 태도 앞에 하연설이 재차 다그치듯 입을 뗐다.

"그건 천패검붕과 친구 사이인 것을 알게 됐을 때 이미 어느 정도 짐작했다고요!"

그러거나 말거나 들은 체도 않고 다시 걸음을 떼는 그다.

'오늘은 기필코 듣고 말 거야!'

작심한 하연설이 발을 놀려 등 뒤쪽으로 바짝 접근한 순간.

휙.

빠르게 신형을 돌려세운 검무영이 고개를 쭉 들이밀었다.

'꺅!'

하연설은 기겁하며 두 다리를 멈췄다. 하마터면 그와 얼굴을, 아니, 입술을 부딪칠 뻔했으니까.

"왜, 왜 그러세요?"

"가까이 다가온 건 넌데?"

"……."

빤히 바라보는 시선에 그녀는 잠깐 사라졌던 두근거림이 조금씩 거세지는 것을 느꼈다.

"좋아, 기분이다. 중요한 걸 하나 더 가르쳐 주지."

"저, 정말요?"

하연설의 가슴의 기대감으로 부풀어 오른 찰나.

"꿈이 아니야."

"네?"

"꿈이 아니라고, 너를 비롯한 문도들 모두 나한테 당했던 일들 말이야."

"……."

별안간 하연설은 얼마 전 양욱한테 들은 말이 생각났다. 정확히는 은광신웅 고기를 나눠 먹고 난 이튿날 아침에 들었던 말이다.

　—어제 교두님 악몽을 꿨습니다. 글쎄, 내공 성취에 대한 고민으로 잠을 못 이루고 뒤척이는데 교두님께서 불쑥 제 방에 나타나 칼로 찌르시는 게 아닙니까! 우, 정말이지 다시 떠올리는 것조차 끔찍하니

다. 거짓말이 아니고, 일련의 고통을 고스란히 느꼈어요. 예전에 십악대가 이끄는 흑도 패거리의 손에 붙들렸을 때도 그랬었는데…… 하여간 워낙 꿈이 생생해 아침에 깨자마자 아랫배부터 살펴보았지요.

양욱 한 명만 그랬던 게 아니다. 그 이전엔 표사들 역시 똑같은 소리를 하지 않았던가.

'그 전부가 꿈이 아니라고? 잠깐만, 그렇다는 말은 곧…… 서, 설마……!'

안타깝지만 그 '설마'였다.

"그때 맨가슴을 만졌던 것은 아무쪼록 이해하도록. 고의는 아니었으니까. 흠…… 어떻게 보면 고의였나? 뭐, 어쨌든."

검무영은 그 말과 함께 중문을 닫고 밖으로 사라졌고, 우두커니 선 하연설은 닫혀 버린 문짝을 멍한 시선으로 눈에 담았다.

캐묻고 싶던 모든 의문점이 일시에 사그라졌다.

지금 이 순간 그녀의 머릿속엔 그저 차마 입에 담기 부끄러운 장면 하나만이 선명하게 맴돌 뿐이었다.

이내 입술 사이로 터져 나오는 앙칼진 소리.

"꺄아아악! 내가 미쳐, 진짜!"

그러더니 새빨갛게 달아오른 얼굴을 두 손으로 싸쥐고 제 방으로 뛰어 들어갔다.

직후.

반대편 회랑 너머의 방으로부터 마봉의 투덜거림이 새어 나왔다.

"어우, 깜짝 놀랐잖아! 젠장…… 급격히 쪼그라들었어."

직후 운몽향아가 말했다.

"아히잉, 걱정하지 말아요. 어차피 밤은 기니까요. 꺄르륵."

                    *   *   *

청풍검문 경내 동쪽, 초등생이 공동으로 사용하는 숙사 건물의 첫 번째 방.

벌컥!

문이 좌우로 활짝 열림과 동시에.

"기상."

안으로 발을 들인 검무영의 명령에 막 잠이 들었던 초등생 하급반 사십여 명이 저마다 신형을 일으켜 세웠다.

"무, 무슨 일입니까? 교두님."

한 명이 그렇게 묻자 검무영이 심드렁하게 말을 받았다.

"일할 시간이다."

"예?"

일제히 구겨지는 인상들.

이 늦은 시간에 일을 하라고? 우리가 무슨 노예인 줄 알아? 라는 원망의 눈빛이다.

그때 검무영이 입꼬리를 씩 올리며 일렀다.

"다른 방에 있는 녀석들 전부 깨워서 연무장에 집합해. 오늘 일을 완수하면 내일부터 전원 수련을 시작하게 될 테니까 불만 따윈 주둥이에 담지 말고."

뜻밖의 소리에 정신이 번쩍 든 일동은 저마다 주먹을 불끈 쥐며 환호한 후 입을 모아 외쳤다.

"예, 교두님! 무엇이든 시켜만 주십시오!"

*　　　*　　　*

아침 해가 산머리로 솟아오르고 얼마 지나지 않은 시각.

사천성 정파 협회의 회주 무학선생 석대송은 기상 종소리가 울리기도 전에 잠에서 깬 상태였다.

창문을 열어 환기를 한 그는 이부자리를 정돈한 다음 세수를 하려고 밖으로 향했다. 그런데 회랑을 지나 마당에 막 발을 내디딘 순간, 저편으로부터 한 인물이 허둥거리며 뛰

어오는 것이 보였다.

"회주님! 회주님!"

회주 직속의 예하 단체 의검조의 조장인 순량이었다.

석대송은 별로 놀라는 기색 없이 그를 맞이했다.

"무슨 일인가?"

"아무래도 일이 터진 것 같습니다. 저도 방금 알게 되었습니다."

"일이 터지다니?"

순량은 즉각 품을 뒤져 네모반듯하게 접힌 종이 한 장을 건넸다.

"청풍검문이 작성한 방문입니다."

"음? 청풍검문?"

눈동자를 반짝인 석대송은 얼른 예의 종이를 펼쳐 글을 읽었다.

이내 허연 수염을 비집고 나오는 음성.

"허어, 이게 무슨……."

<청풍검문 교두 검무영이 고한다. 단두혈맹은 이 시간 이후로 본 문의 공식적인 적으로 간주하는 바이다. 그러니 시간 끌지 말고 한꺼번에 덤비도록, 이상.>

다른 세력도 아니고 중원 최대, 최고 살수 조직 단두혈맹을 상대로 한 선전포고문이었다.

석대송이 놀란 표정을 짓는 가운데 순량이 재차 말했다.

"이른 아침부터 아주 난리가 났습니다. 밤사이 성도 경내 곳곳에 방문이 마구 나붙어 어느새 이와 관련한 소문이 주위로 빠르게 퍼지고 있는 듯합니다."

석대송은 두 눈을 지그시 감고서 잠깐 상념에 잠기더니 곧 희미한 미소를 머금었다.

"순 조장. 드디어 푸른 바람이 크게 변화하기 시작했구먼. 가히 거침없는 태풍으로…… 허허헛."

第八章
두 얼굴의 여인

성도 서쪽의 강줄기 너머에 위치한 대읍.

이곳은 예로부터 도교와 불교의 성산인 학명산(鶴鳴山), 무중산(霧中山)을 비롯해 경탄을 자아내게 만드는 경승지가 많은 곳으로 유명했다. 때문에 사시사철 풍류객들 발길이 끊이질 않음은 물론이요, 심신 수련을 위해 입경하는 수도자들 역시 부지기수였다.

경기는 자연스레 호황을 누렸고 민가의 소득도 큰 기복 없이 안정적으로 유지되는, 말 그대로 살기 좋은 도시라 할 수 있었다.

하나 그것만이 전부는 아니다.

근자에 이르러 대읍의 인지도는 한 단체로 말미암아 한 층 높아지게 되었는데, 그 단체란 바로 중원 대륙을 통틀어 열 손가락에 꼽힌다는 거상 집단 천보상단이었다.

사천성 내엔 다섯 개의 대규모 상단이 존재했다.

그중 가장 오랜 역사와 전통을 자랑하는 곳이 성도의 당금상단(唐金商團).

진천당가의 예하 단체로 그 수뇌부는 으레 당씨 가문 사람이 대부분이었고, 또한 단주 자리는 직계 혈통이 아니면 맡을 수 없었다.

현재 당금상단을 이끄는 단주는 지공(指功)의 달인이자 당효악의 막냇동생인 일지통천(一指通天) 당득인(唐得忍)이었다.

예전부터 인맥 관리에 남다른 재능을 보이며 단주에 오른 그는 비록 상단의 세를 더 불리진 못했지만 장사 수완이 나쁘지 않아 매해 조금씩 이익을 늘려 가는 추세였다.

당금상단 다음으로 가장 긴 시간 동안 세를 유지해 온 것이 사파 도화무방(桃花武幫)이 설립한 도색상단(桃色商團), 사천성 정파 협회와 동맹을 맺은 의열상단(義烈商團), 중도 성향에 자체적인 무력을 갖춘 사천은장상단(四川銀粧商團), 이 세 곳이었다.

그들 모두 무려 일백 년이 넘도록 대를 이어 온 아주 유서 깊은 상단이었다.

반면 천보상단은 역사와 전통이 매우 짧았다. 이름을 내걸고 활동한 기간이 고작 삼십여 년 정도였다. 게다가 본격적으로 두각을 드러내기 시작한 것은 불과 이십 년 전이었다.

하나 지금은 당금상단 등을 제치고 어엿한 사천성 제일의 상단으로서 명성을 떨쳤다. 금력이면 금력, 무력이면 무력, 어떠한 것도 모자람이 없는 최고 수준의 상단으로 발돋움했다.

흔히 천보상단을 가리켜 사천 제일의 상단이라 부르지만 그 영향력은 한 지역에 국한되지 않았다.

대읍의 총단과 더불어 운남, 귀주, 호남, 광서에 이르기까지 무역과 상권이 발달한 주요 도시마다 지단을 설립해 운영 중인 데다가 그 수만 하더라도 도합 이십여 개가 넘었고, 심지어 아직까지도 꾸준히 확장세를 보이는 중이었으니까. 또 몇 달 전엔 광서 지단의 비약적인 성장을 발판으로 인접한 지역인 광동 서부로 진출해 회주, 뢰주를 잇는 수로마저 장악하여 새로운 지단 설립에 돌입한 상태였다.

그렇듯 가파른 성장의 중심엔 타고난 장사꾼 단주 상극뢰가 있었다.

집이 가난하여 어릴 때부터 온갖 잡일을 도맡으며 생업

에 힘쓴 그는 한 날 우연히 중소 상단의 보부상이 되었는
데, 몇 년 동안 부지런히 밑천을 모아 비로소 대읍에 자신
만의 작은 가게를 차렸다.

그것이 성공 신화의 시작이었다.

상극뢰는 어린 시절의 고생을 보상받듯 손대는 장사마다
대박을 터뜨렸다.

가게는 당연히 점차적으로 커졌고, 나중엔 번화가 중심
에 위치한 큰 건물을 사서 세를 불렸다. 그 건물이 바로 천
보상단 총단의 전신이었다.

빠른 속도로 부를 축적한 그는 재산의 반을 털어 천보상
단을 공식 출범했고, 공고문을 통해 파격적인 보수를 내걸
자 수많은 무인, 상인 무리가 그 밑으로 몰렸다.

큰 자신감을 얻은 상극뢰는 곧장 지역 장사를 탈피하고
자 비단길을 통한 무역에 총력을 기울였다. 더 나아가 해상
무역까지 손을 벌렸다. 그리고 마침내 그 일들 또한 거짓말
처럼 대박을 터뜨려 천보상단을 단숨에 중원 굴지의 거상
집단으로 자리매김하게 만들었다.

그렇지만 부자가 되었다고 해서 그 삶이 꼭 행복하다고
보기만은 힘들었다.

상극뢰는 총 네 명의 부인을 두었는데 맨 처음 정실로 맞
은 매숙정(買淑貞)은 부인들 중 가장 먼저 병사했고, 다른

세 명 역시 몇 해 후 건물 화재로 몰사해 버렸기 때문이다.

당시 매숙정을 제외한 세 부인은 저마다 아들을 낳았다. 그래서 뭇사람은 그 세 명의 아들 중 한 명이 장차 천보상 단을 상속하게 될 것이라 여겼다.

하나 뜻밖의 화마로 인해 모자들 전원이 죽어 버린 탓에 후계는 자연히 매숙정이 낳은 딸 상소교의 차지가 되었다.

아들 욕심이 있다면 새 부인을 들일 법도 한데, 상극뢰는 일련의 사별로 인해 마음의 상처가 컸는지 더 이상 제 곁에 여인을 두지 않았다. 오직 금지옥엽 상소교만 보살필 따름 이었다.

최근 들어 중인의 관심은 오직 한 가지였다.

과연 누가 상극뢰의 유일 후계인 상소교와 혼례를 치러 그 추측 불가할 정도의 어마어마한 재산을 나눠 가지게 될 까? 라는 것.

지금도 수많은 사내가 그 자리를 차지하고자 매일같이 천보상단의 문을 두드리고 있는 실정이나 정작 상소교는 이런저런 만남만 가질 뿐 확답을 주지 않고 있었다.

대읍 북쪽에 위치한 고급 별장.

담록색 궁장을 두른 상소교는 호위 무사 창월, 그리고 십 여 명의 시녀와 함께 이곳에 당도하자마자 명령을 내렸다.

"조금 있으면 종리(鍾离) 공자가 당도할 테니 접대에 차질이 없게 해 놔."

시녀들이 입을 모아 공손히 대답한 직후 상소교가 은밀한 눈빛을 보냈다. 그 대상은 다름 아닌 창월이었다.

『현재 지하실에 감금해 두었습니다. 지금 바로 가 보시면 될 것입니다.』

귓전으로 와 닿는 창월의 은밀한 전음.

상소교가 흡족하다는 미소를 지으며 발걸음을 옮겼고, 창월이 조용히 그 뒤를 따랐다.

두 사람은 별장 중앙 건물을 지나 후원으로 발을 들인 다음 곧장 잔디밭 복판에 조형된 삼 층 석탑 앞에 다가섰다.

창월이 석탑 밑의 기둥 하나를 더듬자 덜컥! 소리와 함께 석단 전체가 옆으로 움직이기 시작했다.

드르르, 드르르르……

그렇게 지하로 통하는 나선형 계단이 모습을 드러냈고, 두 사람은 곧장 아래로 성큼성큼 발을 내디뎠다. 이윽고 계단이 끝나는 지점에 이르자 네모반듯하게 다듬어진 통로가 나타났다.

깊은 지하 공간이나 좌우 벽면엔 횃불이 무수히 걸려 있었기에 대낮처럼 밝았다.

상소교는 통로 맨 끝에 있는 철문으로 가 열쇠를 돌렸다.

철커덕, 끼이익—

밀실 내부엔 이십 대 청년 한 명이 철제 의자에 몸이 묶인 채 숨을 헐떡이고 있었다. 게다가 입엔 재갈까지 물고서.

"빼 줘."

상소교의 그 말에 창월은 즉각 도를 뽑아 재갈을 끊었다.

직후 예의 청년이 노성을 터뜨렸다.

"도대체 내게 왜 이러시오? 상 소저!"

그는 다름 아닌 대읍 남쪽에 위치한 쌍류의 정파 무가 세검나가(細劍羅家)의 장남 나찬(羅澯)이었다.

짜악!

따가운 음향과 함께 나찬의 고개가 한쪽으로 꺾이고.

"그걸 몰라서 물어? 이 벌레 같은 새끼."

싸늘한 눈빛을 흘린 상소교의 체외로 돌연 미풍이 일며 궁장이 요란스럽게 펄럭였다.

일신의 내공을 운용해 무형지기가 뿜어지고 있는 것이다.

나찬의 두 눈이 찢어질 듯이 커졌다.

'사…… 상소교가 무공을 익히고 있었나?'

이내 무형지기의 위력에 의해 밀실 전체가 가볍게 흔들렸고 나찬은 숨이 턱 막혀 괴로운 표정으로 신음을 발했다.

"허억……."

그 순간 창월의 우수가 궤적을 그렸다.

슈우욱, 써걱!

섬뜩한 음향과 동시에 나찬의 왼쪽 발목이 깔끔하게 절
단되며 선혈을 뿜었다.

"끄아아아, 끄아아아아!"

그러자 상소교가 깔깔! 교소하며 이기죽거렸다.

"어머나, 이를 어떡하지? 명색이 무가 자제께서 그만 발
병신이 되어 버리셨네."

"끄어억, 끄어어억……! 이 미친 계집!"

나찬의 욕설에 발끈한 상소교가 절단된 상처 부위를 발
로 마구 찼다.

퍽, 퍽, 퍽, 퍽!

끔찍한 고통에 부들부들 경련을 일으키는 신형.

그는 전신이 묶인 것에 더해 어제 강제로 독약을 복용해
공력마저 소실한 상태라 아무런 저항을 할 수 없었다.

"크흐흑, 크흐흐흑! 제, 제발…… 그만……!"

눈물 섞인 호소에 상소교가 비로소 발길질을 멈췄다.

창월이 나지막이 물었다.

"제가 처리할까요?"

"아니."

그녀는 고개를 가로젓더니 철제 의자 뒤쪽으로 가 발바
닥으로 나찬의 목덜미를 세게 밀었다.

철퍼덕.

철제 의자에 묶인 그대로 바닥에 엎어진 그는 연신 괴로
운 통성을 흘리고 있었다.

"푸훗. 저 꼬락서니 좀 봐. 진짜 벌레 같지 않아?"

"그렇군요."

창월의 무표정한 대답에 상소교가 저벅저벅 걸음을 옮겨
바닥과 맞닿은 나찬의 머리 쪽으로 옮겨 섰다.

"그러게 왜 주둥이를 놀리고 다녀? 응?"

"끄흐으윽…… 무, 무슨…… 말씀인지……."

"이것 봐, 고문을 당하니까 존대가 저절로 튀어나오네.
깔깔깔깔!"

그때 창월이 입을 열었다.

"나찬, 네 죄를 모르는가? 넌 감히 아가씨를 상대로 유
언비어를 퍼뜨렸다."

찰나 나찬의 안색이 급변했다.

　－소교 그 계집, 간혹 남창을 집으로 불러 눈을 가
　려 놓고는 제 발을 핥게 한 다음에 거금을 준다고 하
　는군. 후훗, 부잣집 딸이 그런 이상한 성적 취향을

가졌을 줄 누가 알았겠나?

얼마 전 자신의 친우와 나누었던 대화.

직후 상소교의 음성이 귓전에 와 닿았다.

"소문을 퍼뜨린 남창 새끼와 소문을 들은 것들 전부 벌써 뒈졌단다. 물론 네 친구 녀석도……. 이제 너만 남았지. 자, 어떻게 당하고 싶어? 응?"

나찬은 죽음의 공포 앞에 사색이 되어 고통도 잊은 채 마구 소리쳤다.

"제, 제발 목숨만 살려 주십시오! 무슨 일이든 하겠습니다!"

"그래?"

"으흑…… 무, 물론입니다! 가문의 이름을 걸고 맹세합니다!"

"좋아, 기회를 줘 볼까? 지금부터 넌 추잡한 개새끼야. 왈왈, 짖어 봐."

"왈! 왈왈! 왈, 왈……!"

"아하하하, 아하하하하! 너 정말 병신이구나?"

"예, 그렇습니다! 저는 세상에 둘도 없는 병신입니다! 그러니 부디……."

"됐고, 이거나 깨끗이 핥아. 네 피가 튀는 바람에 몹시

찝찝하거든."

상소교는 신발을 벗더니 자신의 맨발을 나찬의 입에 바싹 가져다 붙였다. 잠깐 망설이던 그는 곧 혀를 길게 내밀어 그녀의 발가락과 그 사이를 정성스럽게 핥기 시작했다.

"으흥…… 기분 좋아. 잘하네. 역시 넌 태생이 개새끼였나 봐."

어떻게든 목숨을 보존하기 위한 처절한 몸부림.

상소교는 오만한 표정으로 그 모습을 내려다보며 입꼬리를 씰룩 올렸다.

"참, 내가 깜빡하고 미리 이야기를 안 했는데…… 세검나가는 지금쯤 멸문을 당했을 거야. 황실에 가져다 바칠 귀중품을 훔쳤다는 모함을 받고서."

"뭣……!"

멈칫한 나찬이 눈을 부릅뜬다.

"내가 원래 못된 짓을 잘 꾸미거든. 후훗. 예전에 아버지께서 새로 들이셨던 여자들 전부 불태워 죽였던 것도 나야. 알고나 뒈지렴."

동시에 창월의 환도가 예리한 파공음을 뿌리며 그 머리통을 무참히 절단시켰다.

슈아악!

그렇게 나찬은 굴욕적인 이승의 생을 마감하고 말았다.

상소교는 다시 신발을 신은 후 철문 밖으로 나서며 일렀다.

"흥미를 자극하는 검무영을 어서 이렇게 데리고 놀았으면 좋겠는데…… 으흥, 생각하는 것만으로도 정말 흥분돼."

반 시진 후, 별장의 내실.

새 신발로 갈아 신은 상소교는 탁자를 사이에 두고 자신을 만나러 온 한 이십 대 사내와 마주앉았다.

준수한 외모를 자랑하는 그는 덕양 군부 관리의 아들 종리영(鍾离怜)이었다.

"과연 듣던 대로 우아한 기품이 넘치는 듯합니다. 상 소저."

"어머, 공자도 참……."

상소교는 수줍은 듯 발그레해진 두 뺨을 손으로 감싸며 고개를 숙였다.

그 모습에 종리영은 애가 달았다.

'저 모습, 너무나 귀엽구나. 내 어떻게든 그녀의 마음을 얻어 천보상단의 주인이 되고 말리라!'

눈앞에 자리한 여인의 이면을 까맣게 모르는 그는 그저 행복한 상상에 젖어 들 따름이었다.

＊　　＊　　＊

정오가 임박한 무렵, 지부 합영달은 수십 명의 수행원을 대동한 채 청풍검문 정문 앞에 이르렀다.

그런데.

'허어! 이게 무슨……?'

합영달은 황당무계하다는 표정으로 정문 앞에 엉덩이를 붙이고 앉아 있는 두 짐승을 눈동자에 담았다.

문지기 홍청과 망청.

곁에 있던 검찰부 최강의 순검 북두관검 제손권이 목소리를 낮춰 물었다.

"지…… 지부 나리, 영묘한 힘을 가진 개가 있다는 말은 이미 들어 알고 있습니다만 저 대웅묘 두 마리는……?"

"끄응, 나도 모르네."

합영달은 곤혹스러운 눈빛과 함께 홍청, 망청 쪽으로 다가갔다.

바로 그때.

"흐어엉!"

"꾸엉!"

괴성을 토한 홍청, 망청이 죽창으로 바닥을 사납게 내리치며 팻말을 번쩍 들었다.

〈청풍검문에 오신 것을 환영합니다.〉
〈오시는 길, 불편하시진 않았습니까? 어서 안으로 드시
지요.〉

그것을 본 합영달과 그 일행이 움찔하며 인상을 구겼다.

팻말 내용과 보이는 태도가 완전히 다르잖아! 저게 어딜
봐서 손님을 맞이하는 자세야! 라는 표정들.

가까스로 심기를 가다듬은 합영달이 조심스럽게 말을 건
네려는 때, 정문이 돌연 육중한 소리를 자아내며 좌우로 활
짝 개방되었다.

이어서 묵필을 허리에 건 검무영이 모습을 드러내자 합
영달이 반색해 외쳤다.

"아! 검 교두! 때마침 나와 주었구려!"

한데 검무영은 심드렁한 표정을 짓더니.

"여긴 어쩐 일이오?"

그러자 합영달이 어이가 없다는 투로 외쳤다.

"어쩐 일이라니, 최근에 서신을 보냈잖소! 이리로 오라
고!"

"아, 그랬던가?"

뒤통수를 긁적인 그가 이내 손짓을 보냈다.

"아무튼 이왕 예까지 왔으니 안으로 드시오."

그런 후 흥청과 망청을 바라보며 칭찬했다.

"잘했어, 문지기들. 앞으로도 쭉 그렇게만 해."

그에 합영달을 비롯한 전원이 속으로 발끈했다.

윽, 잘하긴 뭘 잘해!

칭찬을 들은 흥청과 망청이 기분이 좋다는 듯 헤벌쭉거리며 꾸벅 절하는 가운데 검무영이 곧 합영달 일행을 향해 무심한 목소리를 던졌다.

"다행인 줄 아시오. 저 두 곰이 문지기 역할을 제대로 수행하기 전에 본 문을 방문했다면 큰 낭패를 당했을 테니까."

다들 머릿속으로 '낭패를 당하다니?'라는 의문을 품은 찰나 합영달은 퍼뜩 짚이는 바가 있었다.

'허어! 그랬구나.'

얼마 전 백삼사도 굉덕과 무정검호 정함이 이끄는 백인문, 맹수검당이 전설의 황룡과 관련한 소문을 확인하고자 청풍검문을 찾았다가 정문을 지키는 괴물한테 당했다는 이야기를 들은 적이 있었는데, 그 괴물이 바로 지금 자신의 눈앞에 자리한 대웅묘 두 마리란 것을 비로소 깨달았다.

신형을 뒤돌린 검무영이 걸음을 옮기며 손짓을 보내자

합영달, 제손권 등도 즉각 질서정연하게 열을 이뤄 그를 뒤쫓았다.

그렇게 정문의 석단을 넘어 대략 열 걸음 남짓 나아갔을까.

'헉!'

신형을 멈칫한 합영달은 경악실색하며 벌어진 입을 다물지 못했다. 그 뒤쪽의 다른 사람들 반응도 마찬가지였다.

두 눈에 담겨 드는 해괴한 수련.

장맹부문 출신을 제외한 환도단충회, 음우사 출신의 초등생 하급반 이백여 명이 손발에 수갑, 족갑을 찬 채로 연무장 가장자리를 따라 뜀박질을 행하고 있었기 때문이다.

뿐만이 아니다.

각자의 허리엔 웬 굵은 밧줄이 묶여 있었고 앞사람과 뒷사람을 연결까지 시켜 놓았다. 그리고 맨 앞줄에 있는 인원의 밧줄은 우습게도 개새의 몸통에 감겨 있는 상태였다.

최선두의 개새가 내달리기 시작하면 대열을 이룬 전원이 강제로 이끌려 뛸 수밖에 없는 그런 구조였다. 또한 뛰는 도중에 누구든지 조금이라도 삐끗하면 대열 전체의 균형이 무너지기에 개새가 멈추기 전까진 잠깐 쉬고 싶어도 쉬기 힘든 악랄한 방식의 수련이었다.

"멍, 멍!"

개새는 연신 해맑게 짖으며 네 다리를 부지런히 놀렸고, 그 강제적인 힘에 의해 하급반 초등생들은 저마다 일그러진 면상으로 숨을 헐떡이며 괴로운 뜀박질을 행했다.

"헉, 헉, 헉……! 죽을 것 같아."

"조, 조금만 있으면…… 점심시간이야. 헉, 헉! 이 으물고…… 참아!"

그런 그들 모습을 멍하니 바라보던 합영달이 나지막이 물었다.

"검 교두, 저게 진짜 수련이 맞긴 한 거요?"

지난번에 이곳을 방문했을 때와 달라진 게 없었다. 아니, 오히려 수련 강도가 더 심해진 것 같았다.

검무영이 무표정하게 대꾸했다.

"속성으로 진행하는 수련이라 그렇소."

그 말에 중인은 어이가 없다는 듯 고개를 절레절레 흔들었다.

'속성으로 진행하는 수련은 개뿔, 암만 봐도 사람 괴롭히는 고문에 불과한데…….'

합영달은 이내 다른 쪽으로 시선을 옮기다가 두 눈 위로 이채를 발했다.

'옳아, 저것을 보아하니 그동안 문도들 승급이 이뤄진 모양이구나.'

그가 발견한 것은 다름 아닌 흑사당 출신의 초등생 상급
반 무리.

기본 수련 과정인 몸만들기를 십 단계까지 완수한 그들
은 예전 평제자 일동이 그랬던 것처럼 저마다 검을 쭉 내뻗
은 채 날 위에 바둑돌을 얹고서 자세를 유지하는 수련을 진
행 중이었다.

한편 표필을 비롯한 평제자 육십여 명은 찌르기 수련을
완수하고 검날을 이용한 베기의 여러 검식을 익혀 나가고
있었다. 물론 칼질을 가르치는 사람은 변함없이 관궁이었
다.

공방의 역할을 나눈 그 수련은 실전을 방불케 할 만큼 치
열했다. 마치 한 명과 다수의 싸움을 보는 것 같았다.

채채챙, 채채채챙, 채챙⋯⋯!

따가운 금속성이 쉴 새 없이 터져 나온다.

평제자 무리는 다섯 명씩 조를 이뤄 순서대로 베기를 통
한 공격을, 그리고 관궁은 철저히 막기만 할 뿐인데 오히려
방어세를 취한 쪽의 기세가 더 가공스러웠다.

작은 체구를 통해 뿜어지는 짙은 투기와 살기가 그 원인
이었다.

관궁의 기세를 접한 제손권은 저도 모르게 소름이 오싹
돋았다.

'가히 엄청난 검도 고수……!'

강호의 노기인 칠원검옹을 사사한 그의 무력은 능히 사천성 무백 반열의 상위를 차지하고도 남을 높은 수준이었지만 전대 무림을 호령한 관궁에 비할 바는 아니었다.

그 자신이 그렇게 느꼈다.

관궁이 칼을 쥐고 휘두르는 일련의 손속은 더없이 쾌속하고 간결했다. 분명히 방어 일변도인데 되레 육중한 공격을 가하는 것처럼 위협적이었다.

게다가 무형지기와 더불어 발산되는 숨 막힐 듯한 투기와 살기는 함부로 흉내 낼 수 없는 그것.

"반로환동을 이룬 것으로 짐작되는 저 고수의 기도는 그야말로 천하 일절이나 다름 아니군요."

제손권의 중얼거림에 옆의 합영달이 피식 웃었다.

"허헛. 나로선 새삼스럽지도 않다네."

그는 이미 한 차례 경험한 바가 있어 어느덧 놀란 심기를 가다듬은 모양이다.

"저기 좀 보게. 그래도 적전제자들 수련 방식은 그나마 정상적이구먼."

그러자 제손권이 조용히 연무장 저편으로 고개를 돌렸다.

하연설, 단선후, 마봉 등 적전제자 다섯 명은 현재 서로

거리를 멀찍이 벌린 채 검을 휘두르고 있었다.

각자 검을 휘두를 때마다 예리한 풍성이 일며 주변 대기가 가볍게 진동한다.

그것은 곧 내공을 운용하고 있다는 증거.

아침부터 지금까지 한순간도 쉬지 않은 것인지 다섯 명 모두 무복이 땀으로 흠뻑 젖은 상태였다.

제손권은 순간 놀란 표정을 지었다.

'청풍검문 내에…… 저러한 검재들이 존재하고 있었단 말인가!'

그는 내공과 함께 안력을 돋워 하연설 등이 펼치는 검세를 예의 주시했다.

평제자들 실력도 수준급이었지만 적전제자들 실력은 훨씬 위에 있었다. 그저 눈에 담는 것만으로도 쉬이 파악할 수 있는 부분이었다. 특히 선우경리를 제외한 다른 네 사람에 대한 놀라움이 컸다.

애당초 선우경리야 사천성 사파의 일류 무재로 명성을 떨치던 여인이라 그 일신의 재능이 얼마든지 발전할 여지가 있다고 여겼지만, 나머지 네 사람은 경우가 달랐다.

하연설, 단선후, 마봉의 존재는 까맣게 몰랐다.

당연한 일이다.

청풍검문 자체가 오랜 시간 침체기를 겪고 있었기에 적

전제자들 무위와 관련해 아는 정보가 거의 없었다. 아니, 솔직히 그동안 별 관심이 없었다고 표현함이 옳았다.

합영달을 통해 청풍검문에 대한 이야기를 접했을 때도 그의 관심은 오직 교두인 검무영 한 사람한테 쏠렸을 따름이다.

한데 오늘 와서 보니 청풍검문이 왜 새롭게 주목을 받는 것인지 납득이 갔다.

'다들 뿌리는 검초마다 쾌검술의 묘용을 제대로 드러내고 있군! 칼질 자체가 여느 후기지수와 확연히 차이가 난다!'

하연설, 단선후, 마봉 그 세 명 모두 당장 강호에 출도하더라도 일류 무재란 찬사를 듣기에 손색이 없을 듯했다.

양욱도 별반 다르지 않았다. 그 또한 흑도 출신이란 딱지를 떼고 일류 검수라는 소리를 듣기에 충분해 보였다.

합영달이 돌연 그의 어깨에 손을 얹으며 일렀다.

"뭘 그리 넋을 놓고 있나."

"이런…… 티가 났습니까? 저들의 칼이 그려 내는 궤적이 워낙 멋져서……."

그때 검무영의 무심한 목소리가 들렸다.

"구경 그만하고 따라오시오."

"정말이지 검 교두의 교육 방식은 어떤 원리에 기인한

것인지 도무지 알 길이 없구려."

합영달이 빙그레 웃자 검무영이 마주 미소를 머금었다.

"나를 대하는 말투는 갑자기 왜 바뀐 거요? 그냥 이전처럼 대하시오."

"하지만 은인한테 어찌……."

말꼬리를 흐린 합영달이 고개를 뒤로 돌려 자신과 함께 온 방령의 처녀를 바라보았다.

다름 아닌 딸 합가령이었다.

검무영은 그런 그녀의 얼굴을 잠깐 바라보더니 다시 합영달을 향해 말했다.

"되레 불편하니까 그냥 평소처럼 대하시오."

"아, 알겠네. 자네 뜻이 정 그렇다면……."

쑥스러운지 이마를 긁적이던 그가 별안간 두 눈을 휘둥그렇게 떴다.

어? 저건 또 뭐야? 라는 표정.

뒤이어 다른 이들 역시 그와 똑같은 얼굴로 머리를 갸웃거렸다.

연무장 동쪽의 담장이 그 이유였다.

거무스름한 철제로 제작된 그 육중한 담장은 언뜻 봐도 어떤 위압감을 선사해 왔다.

동쪽은 이미 완공이 끝났고 당능통과 장맹부문 출신 초

등생 일백여 명은 현재 여기서 보이지 않는 저편 서쪽 담장을 공사 중에 있었다.

"정비사 솜씨요."

검무영이 불쑥 내뱉은 목소리에 합영달이 의문을 표했다.

"정비사라고? 새로 생긴 직책인가?"

"진천당가의 대장로이던 당능통이 그 자리를 맡고 있소."

헉, 세상에! 신수야장이 이곳의 문도라고?

합영달, 제손권을 비롯한 검찰부 일동이 믿기지 않는다는 눈빛을 흘리는 가운데 검무영이 신형을 휙 돌리며 걸음을 옮겼다.

"뭘 그리들 놀라는 건지."

＊　　　＊　　　＊

"뭐라고?"

놀라움을 가득 담은 뾰족한 목소리. 그 주인은 바로 상소교였다.

정중한 표정으로 시립한 창월이 나지막한 어조로 보고했다.

"저도 방금 전에 입수한 정보입니다. 여하간 겨우 반나절 만에 이곳 대읍까지 말이 퍼진 것을 보면 조만간 사천성 전역이 떠들썩할 것으로 짐작됩니다."

"하……."

붉은 입술 사이로 새어 나오는 헛웃음.

이내 눈을 번뜩인 상소교가 금장 의자에 등을 깊게 파묻었다.

"정말 흥미롭네. 자꾸만 내 예상을 빗나가."

"검무영 그자, 아무래도 일신의 무위에 대한 자부심이 대단한 모양입니다. 그렇지 않고선 단두혈맹을 상대로 이렇듯 먼저 도발하기란 힘든 일이지요."

그 순간 상소교의 안광이 싸늘히 가라앉았다.

"구유사신의 무력은…… 기실 존자라 불려도 손색이 없는 수준이야. 아버님께서 예전 그렇게 말씀하셨으니까. 한데 검무영이 그걸 감당할 수 있을까?"

"글쎄요."

"훗, 아무튼 두고 보면 알겠지. 이대로 죽어 버리면 내 장난감이 될 자격이 없는 것이지만, 만약 단두혈맹마저 물리친다면……."

와지끈!

내공이 실린 섬섬옥수에 의해 의자의 팔걸이가 무참히

부서지고.

"……다음 계획을 즉각 실행할 거야. 그래서 놈이 괴로워하는 얼굴을 보고 싶어."

그런 상소교의 체외로 금빛 기류가 넘실거린다.

"그리고 그때가 되면 확실히 가르쳐 줘야지. 봉황신기(鳳凰神氣) 앞에선 이 세상의 그 어떤 힘도 무용지물이란 사실을……! 깔깔깔깔."

第九章
속전속결(速戰速決)

　하얀 찻잔을 집어 든 합영달이 차를 한 모금 마신 뒤 탁자 맞은편의 검무영을 바라보았다.

　"청풍검문에 의해 천금각, 잔혼각 무리가 전멸했다는 말이 어느새 호남 지역까지 퍼진 것으로 파악되었다네. 이대로 한 달 정도만 더 지나면 하북 지역과 그 북쪽 일대까지 예의 소식을 접하리라 짐작되는군. 어쩌면 그보다 더 빠를 수도 있고……."

　하나 검무영은 아무런 대꾸도 없이 고개만 주억일 따름이다.

　"여하간 참 대단해. 처음부터 자네가 범상치 않은 인물이라 여기긴 했지만, 솔직히 이 정도로 화제를 불러일으킬 줄은 몰랐네. 유명무실한 청풍검문을 맡은 지 일 년도 채 되지 않아 성도 제일의 검문으로 다시금 우뚝 서게 만들었으니까."

단숨에 사천성 무백 반열이 된 검무영의 명성과 무위를 두고 하는 말이었다.

그러곤 눈치를 슬쩍 보더니.

"부담스럽지 않다면 혹 사문이 어떻게 되는지 가르쳐 줄 수 없겠나? 암만 생각해도 청풍검문 출신은 아닌 듯한데……."

"부담스럽소."

일언지하의 칼 같은 거절.

합영달이 어깨를 으쓱이며 머쓱하게 웃었다. 이미 물음을 던질 때부터 그러한 반응을 예상했다는 듯이.

"미안하군, 내가 괜한 소리를 꺼냈어."

"그보다 더 궁금한 게 있지 않소? 의당 그것부터 따져 물을 줄 알았소만."

검무영의 그 말에 합영달이 의미심장한 표정으로 입을 열었다.

"성도 각처에 나붙은 선전포고문 말인가?"

"그렇소."

"허헛. 물론 그 이야기도 꺼낼 셈이었네. 놀라지 않았다면…… 거짓말이겠지. 지금 그 일로 말미암아 경내가 떠들썩하잖은가. 워낙 갑작스럽고 또 공개적으로 벌인 일이라 안찰사 수뇌부도 이번 사태에 비상한 관심을 보일 것으로 예상되는군."

"단두혈맹 전체를 멸하기 위해 대놓고 벌인 일이니 아무쪼록 이해하시오. 민가에 피해가 갈 일은 절대 없을 것이라 약속하겠소."

"어차피 성도는 나의 관할이니 안찰부사께 관의 무력 개입 없이도 일을 마무리 지을 수 있을 것이라 말씀드리겠네. 내 비록 자네를 제대로 알진 못하지만 그래도 이것 한 가지는 확실히 파악하고 있지. 불의를 일삼는 무리는 모조리 두드려 패서 개화를 시키든, 아니면 죽여 버리든…… 어떤 식으로라도 결판을 짓고 만다는 사실을 말일세. 당금 강호엔 수많은 정파 무인이 존재하나 자네는 진정한 협사라 불릴 자격이 충분하다고 보네. 그 방식이야 어쨌든 간에, 허허허."

검무영이 그런 합영달을 가만히 바라보더니.

"거창한 수식어는 붙이지 마시오. 그냥 내 눈에 띄는 것들 위주로 처리했을 따름이니까."

그렇게 무심한 목소리로 대꾸하고는 다짜고짜 탁자 위에

웬 커다란 종이 수십 장을 수북이 올려놓았다.

"실은 이를 맡기고자 부른 것이오."

그것은 다름 아닌 각종 건물 설계와 관련한 도면이었다.

합영달이 고개를 갸웃거렸다.

"이게 다 무언가?"

"정비사가 작성한 도면이오."

"아니, 이것을 왜 내게……?"

"얼마 전 공매로 나온 천금각과 잔혼각의 터를 본 문이 매입하겠소."

"아!"

"그러니 이 도면대로 천금각과 잔혼각 내의 건물을 증축해 주시오. 공사에 동원할 인력은 기왕이면 밥벌이가 시원치 않은 사람들 위주로 뽑는 게 좋겠소. 임금 역시 기존의 두 배를 지불할 생각이오."

"과연…… 정파 무문으로서 상생의 덕을 베푸는 것인가? 허헛, 좋구먼."

"대신."

"음?"

"돈은 각자 반씩."

"각자…… 반씩?"

머리를 끄덕인 검무영의 검지가 자신과 합영달을 차례로

가리키고.

"……"

"왜 말이 없소. 아까는 은인 어쩌고저쩌고하더니."

그제야 움찔한 합영달이 손사래를 쳤다.

"오, 오해하지 말게! 너무 급작스러운 제안이라 잠깐 당황했을 뿐이네. 돈이야 기꺼이 보탤 수 있지만, 천금각과 잔혼각 터를 개조해 무엇을 할 계획인지 말해 주지 않겠나?"

"그야 당연히……"

"당연히?"

"돈벌이 아니겠소? 문중의 인원이 느는 바람에 요즘 예산보다 비용이 많이 들어서 말이오. 뭐, 재정에 타격이 올 정도는 아니지만. 여하간 그 때문에 청풍표국 출범에 이어 객잔 두 곳을 추가로 운영하고자 하오."

"엇? 청풍표국은 언제 출범했는가?"

"어제."

"허…… 개국 행사도 없이?"

보통 표국을 공식 출범할 경우 지역 유지를 비롯한 각계 사람을 초대해 인맥부터 쌓는 게 순서인데.

"어차피 조만간 유명세를 타게 될 테니 별로 신경 쓰지 않소."

합영달은 거듭 이해하기 힘들었다.

뭐? 유명세를 탄다고? 라는 의문의 눈빛. 그러다가 곧 속으로 수긍하는 그다.

'훗, 하기야 내 재량으로 헤아릴 수 있는 인물이 아니잖은가.'

그동안 검무영의 불가해한 수완을 봤을 때 분명히 청풍표국의 이름을 널리 알릴 모종의 방법을 마련해 놓은 것이 틀림없으리라고 생각했다.

검무영이 다시 말을 이었다.

"나는 그 두 곳을 성도 내 최대 규모의 객잔으로 바꿔 개업할 것이오. 그리고 앞서 맡긴 공사와 마찬가지로 형편이 어려운 이를 우선으로 고용해 궁핍한 생활을 벗어날 기회를 줄 거요."

"음, 성도 내의 일자리 창출에 도움이 되겠군. 내 적극 돕겠네."

"혹시라도 적자를 보게 되면 그것을 메워 줄 의향은 없소?"

그러자 합영달이 조용히 그의 눈을 주시하더니 곧 빙그레 미소를 그리며 말했다.

"당연한 소리를…… 내 방금 말했잖은가. 적극 돕겠다고."

"농담으로 해 본 소리요."

"무슨! 농담이든 아니든, 난 무조건 도울 것이야. 자네 덕분에 세상에서 가장 소중한 딸자식의 목숨을 살릴 수 있었는데 뭔들 못 하겠는가."

검무영이 마주 씩 웃었다.

"됐고, 그냥 본 문의 내부 공사에 필요한 사람이나 좀 붙여 주시오."

"내부 공사?"

"보다시피 현재 담장을 개보수 중이오."

그제야 합영달은 앞서 보았던 철로 된 담장을 뇌리에 떠올렸다.

"도대체 담장을 왜 철로 만들어 세운 겐가? 심지어 평범한 철도 아닌 듯싶은데…… 물론 담장이 견고하면 좋긴 하지만, 그래도 너무 과하지 않은가?"

"만년한철."

검무영이 툭 던진 대답에 합영달의 동공이 한껏 확장되었다.

"마, 마, 만년한철? 세상에, 담장을 손보는 데 쓰인 철이 전부 만년한철이라고?"

"그것을 통해 적의 침범을 방비할 기관장치를 설치 중에 있소. 하나 이번 일로 인해 완공 날짜를 좀 앞당기고자 하오. 일련의 성능도 시험해 볼 겸."

"으음, 그래서 사람이 필요하다고 한 것이로군. 몇 명이면 되겠는가?"

"오륙백 명."

"알겠네. 내 오늘 검찰부에 가거든 곧장 힘 좋고 날랜 인원을 선출해 보내 주도록 하지."

별안간 검무영이 묘한 눈빛을 흘렸다.

"합 소저가 올해로 열아홉 살이라 했소?"

"그렇다네. 몸이 완쾌했으니 이제 좋은 짝만 찾아 주면 될 것이야."

"남편감으로 강호인은 어떻게 생각하오? 이곳에 괜찮은 녀석이 한 명 있소"

이제껏 검무영의 말에 아무런 반대하지 않던 합영달이 처음으로 고개를 가로저었다.

"말은 고맙지만 정중히 사양하지. 내 딸은 무림의 일에 휩쓸리지 않고 살기를 바란다네. 령아의 시련은 그동안 병상에 누워 겪은 고통만으로도 충분하니까."

직후 검무영이 나지막하게 중얼거렸다.

"부모 뜻대로 되지 않는 게 자식이라던데."

*　　*　　*

쉬쉭, 쉬쉬쉭, 쉭, 쉬쉭—!

단선후의 칼이 공기를 가를 때마다 예리한 풍성이 귓전을 두드렸다.

점심 식사를 마치고 얼마 지나지 않은 시간이라 다들 그늘에 앉아 휴식을 취하는 중인데, 단선후는 홀로 연무장 복판에 자리해 검을 휘두르고 있었다.

원래부터 노력파인 그라 당연한 일이었다.

청풍검문의 두 번째 적전제자가 된 이유도 전부 그러한 성실한 태도 때문인 것을. 그렇기에 문도들 대다수가 적극 믿고 따르는 것이다.

안 그랬으면 예전 위천앙과 관련한 사건의 내막이 드러났을 때 어느 누구도 그를 선뜻 용서하거나 옹호하지 않았을 테니까.

쐐액, 쉬이익, 파아앗, 슈욱—!

빠르게 내뻗쳤다가 다시 밑으로 떨어졌다가 또 갑자기 솟구치는 다양한 형태의 검식.

단선후의 손속이 그려 내는 쾌검술은 이전과 확실히 달랐다.

주요한 요체를 습득한 상태라 속도, 위력 어느 것 하나 부족함이 없어 보였다. 하지만 정작 그 자신은 만족하지 않고 있었다.

'이래선 하 사저를 따라잡기가 힘들어! 솔직히 쾌검의
운용에 대한 감각은 나와 양 사제가 가장 아래나 다름 아니
다. 그렇다면 평소 시간을 아껴 가며 더욱더 노력하는 수밖
에 없지!'

그는 생각과 함께 검을 휘두르는 데에 한층 집중했다.

그로부터 멀지 않은 곳.

곱게 단장한 합가령이 무슨 이유인지 넋이 나간 표정으
로 우두커니 선 채 수련 중인 단선후를 눈에 담고 있었다.
더군다나 새하얀 두 뺨 위에 희미한 홍조마저 떠오른 상태
였다.

'아……!'

그녀의 시선이 머문 곳은 바로 단선후의 팔뚝이었다.

한껏 걷어 올린 소매로 인해 훤히 드러난 팔뚝의 힘줄이
검을 휘두를 때마다 울근불근 경련하며 사내의 야성을 대
변하는 듯했다.

사라락.

뭔가에 이끌린 것처럼 합가령의 발이 움직인다.

삼매경에 빠져 검을 놀리던 단선후는 어느 순간 인기척
을 느끼곤 손속을 멈췄다. 그리고 이내 고개를 옆으로 돌리
자 지척에 합가령이 두 손을 가슴 앞에 모으고 서 있는 모

습이 보였다.

시선이 마주친 순간.

당황한 표정을 지은 합가령이 말했다.

"아, 죄송해요! 수련을 방해할 생각은 아니었는데 저도 모르게 그만……."

단선후는 그런 그녀를 물끄러미 바라보며 고개를 가로저 었다.

괜찮다는 뜻이다.

그 태도에 합가령의 얼굴이 한층 붉게 달아올랐다.

'저 사람…… 왠지 멋져. 과묵한 데다 몸도 좋고 칼도 잘 다루고…….'

멀리서 그 광경을 본 마봉이 히죽 웃었다.

"하이고, 단 사형한테 드디어 인생의 봄이 찾아왔구나."

"인생의 봄이라니요?"

양욱이 눈을 똥그랗게 만들며 묻자 마봉이 한심하다는 눈초리로 혀를 찼다.

"쯧, 너도 참 눈치가 그렇게 없냐? 저 두 사람의 눈빛을 봐. 남녀 사이의 연애 감정이 싹트는 기운을 마구마구 풍기 고 있잖아."

"오늘 서로 처음 봤는데 무슨……."

"아니야, 대번에 감이 왔어! 저것은 분명 서로가 첫눈에 반했다는 무언의 신호라고!"

그때 선우경리가 말을 보탰다.

"후훗, 마 사형 말에 동의해요. 여자가 저렇듯 먼저 가서 말을 거는 건 아주 드문 일이죠. 남자 쪽이 먼저 다가오는 경우라면 모를까, 마음에 들지도 않는 사람한테 먼저 대화를 시도하는 여자는 거의 없답니다. 저 행동은 분명히 호감의 표현이에요."

듣고 있던 하연설이 고개를 끄덕인다.

"합 소저가 얌전하게 생긴 것과 다르게 상당히 적극적이네."

그러자 마봉이 말을 받았다.

"하핫! 천생연분 아닙니까? 합 소저는 오랜 시간 병석에 누워 있었으니 외간 남자를 만날 기회가 드물었을 것이고, 단 사형도 여태껏 여자를 제대로 사귀어 보지 못한 동정인 몸이니까요. 순진한 총각과 처녀의 만남이라, 햐…… 좋구나, 좋아."

"엣?"

하연설을 비롯해 양욱, 선우경리가 동시에 놀란 표정을 지었다.

이내 양욱이 어깨를 들썩이며 웃었다.

"푸흐훗, 설마 단 사형이 아직까지 동정일 줄은 몰랐네요. 워낙 장부답게 생겨 그동안 그런 느낌을 아예 못 받았는데."

"난잡한 흑도 무리랑 어울리며 홍등가의 창기나 품고 다닌 네 녀석과 확실히 다른 건전한 사람이지, 암."

'윽, 닥쳐!'

양욱이 속으로 발끈한 순간 마봉이 눈을 가늘게 좁혀 뜨며 기분 나쁜 미소를 머금었다.

"그러고 보니 늙은 민둥산 너만 짝이 없잖아. 에혀, 불쌍한지고."

그러곤 선우경리의 얼굴을 슬쩍 보더니 다시 양욱을 향해 말했다.

"선우 사매는 예외라 할 수 있지. 위천앙 그놈으로 인해 가슴 아픈 사랑의 시련을 겪은 뒤라 아직까지 누군가를 받아들일 준비가 되지 않은 상태일 테니까. 못 먹는 감은 애당초 쳐다보지도 마."

일순 양욱의 우락부락한 면상이 술기운이 오른 양 벌겋게 물들었다.

"아니, 왜 저를 보고 그런 말을 하는 겁니까?"

"얼씨구, 도적처럼 생긴 놈이 꼴같잖게 시치미를 떼네! 벌써 몇 번이나 선우 사매를 좋아하는 티를 내 놓고는."

마봉의 놀림에 양욱은 얼른 선우경리의 반응을 살폈다.

하지만 그녀는 무관심한 것인지 표정에 아무런 변화도 없었다.

이내 하연설이 나지막한 목소리로 일렀다.

"마 사제, 너무 그렇게 놀리지 마. 나도 아직 혼자라고."

마봉이 대뜸 어리둥절한 눈빛을 보낸다.

"대사저가 왜 혼자입니까?"

"뭐?"

"이미 교두님 관심을 받고 있잖아요."

"그, 그게 무슨……!"

당황한 하연설의 옥용이 잘 익은 홍시처럼 붉게 달아올랐다.

질세라 선우경리도 거들고 나섰다.

"두 사람, 너무 잘 어울려요. 혹시 밤중에 우리 몰래 만나는 것 아니에요?"

"어휴, 참! 사매까지 그러기야."

별안간 마봉이 아! 하는 눈빛으로 물었다.

"오! 그렇구나! 어젯밤에 느닷없이 소리를 질렀던 것도 교두님 때문에……? 맞아, 맞아. 이 또한 감이 왔어! 역시나 밀회를 가졌던 것이로군요."

"이잇, 그만해. 물론 교두님이랑 이야기하다가 소리를 지른 것은 맞지만 우연히 마주쳤을 뿐이라고!"

"예, 예. 일단 그렇다고 해 두지요."

마봉의 말에 양욱과 선우경리도 동조하듯 머리를 끄덕거린다.

기가 막힌 하연설은 시선을 외면하며 한숨을 뿜었다.

'하아…… 말을 말자.'

그런 그들 앞에 갑자기 북두관검 제손권과 그 휘하의 젊은 무관 여러 명이 모습을 드러냈다.

하연설 등이 일제히 엉덩이를 떼고 일어나 목례를 하자 제손권이 점잖은 목소리로 권했다.

"시간이 괜찮다면…… 이들과 비무를 가져 볼 생각은 없는가? 아마도 서로 좋은 경험이 될 듯한데."

그러자 그의 뒤쪽에 선 다섯 명의 이십 대 무관이 일제히 고개를 가볍게 숙였다.

"부탁합니다."

찰나 적전제자들 눈빛이 초롱초롱 빛을 뿜었다.

'비무?'

관심이 간다는 기색들.

기실 잔혼각 무리와 싸운 이후로 지금까지 타인과 검을 섞어 본 적이 없었기에 현 무공 성취가 어느 정도로 발전했는지 가늠해 볼 좋은 기회였다.

"여기 있는 오 인은 내가 지도하는 젊은 순검들 중 가장 우수한 실력을 가졌다네. 하나 서로 몸이 상하면 곤란하니 내공을 사용하되 합은 서른 번으로 제한을 두는 게 좋겠구 먼."

마봉과 양욱이 찬성의 눈짓을 보내자 하연설이 일동을 대표해 승낙했다.

"네, 알겠어요."

그러자 주변에 있던 문도들 역시 관심을 드러내며 곁으로 우르르 모였고, 뒤이어 단선후와 합가령도 그 자리에 합류했다.

마봉이 문득 팔꿈치로 단선후의 허리를 쿡 찌르며 웃음기 머금은 얼굴로 속삭였다.

"좋겠습니다, 단 사형. 저렇게 참한 처자의 관심을 다 받고."

"험, 험."

단선후는 쑥스러운지 괜스레 고개를 옆으로 돌리며 헛기침을 내뱉었다.

이윽고 연무장 한쪽에 수많은 인원이 비무를 구경하고자 둥글게 펼쳐 앉은 가운데 양욱이 호기롭게 양팔의 소매를 걷어붙이며 중앙으로 나가 섰다.

직후 순검 한 명도 십 보 간격을 두고 자리하며 자신을 소개했다.

"검찰부의 갈연(葛衍)이라 합니다."

"적전제자 양욱입니다."

그렇게 인사말이 끝나자마자 두 무인은 각기 내공을 이끌어 내며 검을 뽑아 들었다.

스릉, 스르릉.

검명이 울린 순간 제손권의 눈빛이 작은 파문을 일으켰다.

'으음! 내 예상을 상회하는 기도로구나!'

양욱의 체외로 번져 나오는 고강한 기운을 감지한 까닭이다.

다른 사람은 몰라도 내가 고수인 그는 두 사람의 내공 격차가 크다는 것을 대번에 간파할 수 있었다. 물론 비무란 것이 꼭 내공 하나만으로 결판이 나진 않지만, 그 차이가 확연하다면 어지간해선 극복하기 힘들었다.

아니나 다를까.

양욱은 시작부터 초상비를 전개해 정면으로 육박한 다음 강맹한 찌르기를 연거푸 구사했고, 상대는 그 힘과 빠르기에 자못 당황한 듯 방어하기 바빴다.

챙, 채챙, 챙, 채애앵……!

쉴 새 없이 귓전을 울리는 금속성.

쾌속하게 내뻗치는 양욱의 검날에 의해 갈연의 신형은

합을 나눌 때마다 뒤로 한 걸음씩 밀리며 실력의 격차를 드러냈다.

제손권은 감탄을 금치 못했다.

'과연 훌륭하구나! 곰 같은 거구이나 전혀 둔해 보이지 않고, 오히려 일련의 손속이 번개처럼 신쾌하게 움직이고 있다! 게다가 타고난 근력을 바탕으로 한 내공 운용이 돋보이고…… 연의 실력은 여느 무문의 적전제자를 웃도는 수준인데, 반격조차 제대로 못 하는구나.'

보고 있자니 위천앙이 빠진 정천십칠신성과 비교해도 손색이 없을 듯싶다는 생각마저 든다.

스무 합을 넘겼을 때.

"으윽!"

갈연이 짧은 신음과 함께 한쪽 무릎을 꿇으며 검날을 땅에 쑤셔 박더니 곧 포권을 취했다.

"변명의 여지가 없는 저의 패배로군요. 오늘 정말 많이 배웠습니다. 진심으로 감사합니다."

구경하던 이들은 너 나 할 것 없이 일제히 박수를 쳤고, 양욱은 그런 갈연 앞으로 가 격려의 말을 건넸다.

"덕분에 저도 현 성취가 어느 정도인지 가늠해 볼 수 있었습니다. 너무 실망하지 마십시오."

친선 비무는 계속되었다.

다음 차례는 마봉으로 경쟁자인 양욱한테 뒤지기 싫다는
것을 증명하듯 이십 합 만에 제압했고, 선우경리와 단선후
는 각자 이십 합까지 가지도 않고 승리를 거두었다.

제손권은 그런 청풍검문 적전제자들 실력에 속으로 거듭
감탄해 마지않았다.

'허어, 이럴 수가……! 그렇구나. 저들 모두 이미 신성의
반열에 능히 들고도 남을 실력을 갖춘 상태로구나.'

비무의 마지막은 하연설.

상대는 제손권이 데리고 온 젊은 순검들 중 최고의 실력
을 가진 악정원(樂正願)이란 사내였다. 그가 자신을 소개했
을 때 청풍검문 문도들 모두 놀란 표정을 감추지 못했다.

그도 그럴 것이 악정원은 사천성의 유명한 무가들 중 하
나인 악정검가(樂正劍家)의 적통 출신이었기 때문이다.

악정검가는 대읍으로부터 멀지 않은 북쪽의 중강을 대표
하는 무가였다. 그 가통을 이을 재목으로 손꼽히던 악정원
은 어릴 때부터 관부 무관의 삶을 동경해 온 탓에 차대 가
주를 동생한테 양보하고 순검이 된 인물이었다.

검술에 대한 재능이 남달라 한때 '대읍에 위천앙이 있다
면 중강엔 악정원이 있다'란 말까지 나돌았을 만큼 실력이
출중한 무재였다.

상대의 정체를 알게 된 하연설은 전의를 불태웠다.

'좋아, 내 실력을 제대로 파악해 볼 기회야.'

이내 마주한 두 남녀는 인사를 나누기가 무섭게 발검세를 취했다.

선공을 펼친 쪽은 악정원이었다. 그는 보법을 밟아 단숨에 거리를 압축하며 옆구리를 노린 검초를 뿌렸다.

카항!

하연설의 신속한 방어, 그리고 이어지는 반격.

최단의 거리로 빠르게 뻗어 나간 검극이 그대로 악정원의 가슴팍을 노렸다.

"우웃!"

화들짝 놀란 악정원이 상체를 젖힌 순간 하연설은 예의 검초를 거두기가 무섭게 이초와 삼초를 잇달아 전개했다.

캉, 캉!

악정원은 간발의 차이로 쾌검술을 방어했지만 막대한 내력과 검력을 감당하지 못한 채 몸의 균형을 잃었고, 하연설은 그사이 초상비의 수법으로 상대의 등 뒤를 점하며 왼쪽 허리에 검날을 바싹 붙였다.

겨우 삼 합 만에 끝난 승부.

"우와! 세상에……!"

단선후, 마봉 등을 비롯한 문도 전원이 경악하며 입을 쩍 벌렸다.

정작 하연설 자신도 어지간히 놀란 눈치였다.

'내가…… 악정 순검을 이토록 쉽게 제압하다니…….'

묘한 전율이 전신을 휘감고 든다.

이내 심기를 가다듬은 그녀가 검을 갈무리하자 악정원이 환하게 웃으며 고개를 숙였다.

"하 소저, 대단하시군요. 청풍검문의 옛 명성이 헛되지 않았다는 것을 절실히 깨달았습니다."

"아, 아니에요. 별말씀을…… 이번에 운이 좀 따랐던 것 같아요."

하연설이 마주 고개를 숙이며 겸손하게 말하자 악정원이 손사래를 쳤다.

"운이라니요, 절대 그렇지 않습니다. 앞으로 기대가 되는군요. 필시 정파 여검수로서 큰 명성을 떨치리라 믿어 의심치 않습니다."

기분 좋은 칭찬에 하연설이 비로소 희미한 미소를 머금었다.

"그렇게 응원해 주시니 감사해요."

그녀가 곧 일동이 자리한 곳으로 옮겨 서자 선우경리가 기쁜 표정으로 말했다.

"하 사저, 언제 그렇게 발전하신 거예요? 상대가 젊은 순검들 중 최고라는 악정 순검인데 그런 그와 삼 합 만에 승패를 가를 줄은 예상도 못 했어요."

"아…… 사실은 나도 얼떨떨해."

직후 양욱이 그러한 하연설의 무위에 자극을 받은 듯 중앙으로 나가더니 제손권을 보며 부탁했다.

"죄송하지만 한 번 더 겨뤄 볼 수 없겠습니까?"

바로 그 순간.

"동작 그만."

귓전에 와 닿는 무심한 목소리에 중인의 시선이 한쪽으로 쏠렸다. 그러자 검무영이 뒷짐을 지고 서 있는 게 보였다.

다시 이어지는 무미건조한 음성.

"함부로 비무를 가져도 된다고 누가 허락했지?"

양욱이 당황한 얼굴로 말을 더듬었다.

"저, 저기 그게……."

그러다가 고개를 뒤돌려 하연설 등을 바라보았다.

윽, 도와주세요! 라는 호소의 눈빛.

하나 다들 고개를 숙이며 시선을 외면하고.

'미안해!'

동시에 양욱의 안색이 새하얗게 질렸다.

'어억! 그러는 법이 어디 있어!'

검무영은 눈 깜짝할 사이에 양욱 면전으로 다가와 있었

다.

"하여간 조금만 풀어 주면 기고만장해서 설치지."

뻐어억!

육중한 음향이 터지기가 무섭게 양욱의 신형이 오 장 밖
으로 날아가 걸레짝처럼 널브러졌다.

검무영은 소맷자락을 가볍게 털며 휘파람을 불었다. 그
러자 개새가 바람처럼 운신해 와 기절한 양욱과 입을 맞추
었다.

참, 참, 참…….

           *   *   *

삼경 무렵.

잠을 이루지 못한 단선후는 달빛이 넘실거리는 내원의
뜰로 나왔다.

"후우……."

무거운 한숨 소리가 입술 사이를 비집고 새어 나온다. 다
름 아닌 무공 성취에 대한 고민 때문이다.

그는 곧 회랑과 맞닿은 가까운 돌계단에 엉덩이를 붙이
고 앉으며 낮의 비무를 머릿속에 떠올렸다.

'하 사저의 공부가 그 정도로 높은 수준에 이르렀을 줄

은 몰랐다. 당장 선우 사매만 하더라도 나보다 다섯 합을 적게 나누고도 승리를 거두었으니……'

갈수록 격차가 벌어지고 있다.

이대로 시간이 흐른다면 두 번째 적전제자 자리마저 위태로울 수 있다는 불안감이 흉중을 엄습한다.

"멍, 멍."

별안간 들리는 개소리.

단선후가 좌측으로 고개를 돌리자 언제 나타난 것인지 개새가 꼬리를 살랑살랑 흔들며 앉아 있는 모습이 동공에 담겨 들었다.

문뜩 그의 입가에 한 줄기 미소가 맺히고.

'홋, 조교님은 좋겠구나. 사람처럼 걱정과 고민으로 밤을 새울 일이 없을 테니……'

그러면서 개새와 시선을 마주한다.

그때.

느닷없이 뇌리를 울리는 소리가 있었다.

『정순한 몸과 고요한 마음이 하나를 이루니, 그에 비롯된 각오(覺悟)의 진력(眞力)은 항아리를 가득 채운 물처럼 몸 안의 빈 곳을 모두 순한 정기로 메워 견고한 내공을 발휘하게 만드는 디딤돌이 된다. 하나 숨기의 활차(滑車)라 할 수 있는 인중(人中)과 단중(丹中) 사이로 운기의 오르내

림이 보다 빨라지지 않는 이상 은밀히 깃든 잠력(潛力)은 손에 잡고 싶어도 잡을 수 없는 뜬구름일 터. 심(心)은 열고 신(身)은 닫되, 배꼽 아래 축적된 힘은 가벼이 두 푼만 풀라. 그렇게 뇌리를 울리는 경음(瓊音)이 들리기 전까지 정문(頂門)으로 한껏 자연지기를 흡입하라. 이어서 또 한없이 토하라. 응심(凝心)을 유지해 오의를 얻는 순간 뇌천 위로 솟은 기환(氣環)이 기묘한 체광(體光)으로 화할 것인즉…….』

전음이라기엔 뭔가 오묘한 소리인데.

게다가 그 내용은 모종의 내공 심법의 구결인 듯했다.

단선후는 즉각 개새를 살폈다.

'아니! 설마 조교님께서 지금 혜광심어를 보내고 계신 건가?'

그 마음을 읽은 것인지.

『따라서 해!』

움찔한 단선후는 거듭 당혹스러운 표정을 짓다가 귀신에 홀린 것처럼 뜰 바닥에 가부좌를 틀고 앉아 눈을 감았다. 그리고 연신 머릿속을 울리는 내공 심법 구결을 따라 기를 운용하기 시작했다.

시간이 얼마나 지났을까.

어느 순간 단선후의 신형이 가벼운 떨림을 자아내더니

머리 위로 고리 형태의 금빛 기류가 떠올라 맴돌았고, 서른 여섯 개의 주요 혈도로부터 기광이 뿜어져 나왔다.

눈을 감은 단선후는 머리끝부터 발끝까지 폭포수에 휩쓸린 것 같은 시원함을 느꼈다.

'웃, 이럴 수가! 내공이 가파르게 상승하고 있다!'

개새는 그런 단선후를 물끄러미 바라보다가 제 할 일을 다 했다는 듯 저편으로 나아갔다.

"멍."

*　　　*　　　*

오전 회의를 끝낸 당효악은 즉각 당문천무대 대장 휴경과 휘하 대원 이십여 명을 대동하고서 사천성 정파 협회로 향했다.

오늘은 검림지존 나안걸태의 무적검무단과 연합한 새외 북방 무리가 몰사한 지 정확히 보름째 되는 날.

당효악은 금일 무학선생 석대송과 대면해 이번 일전과 관련한 이야기를 나눌 참이었다. 그래서 오랜 시간 등한시한 새외 무림에 대하여 경각심을 일깨우고 향후 똑같은 사건이 발생할 경우를 대비해 비상 연락망을 갖추고자 했다.

기실 진천당가처럼 한 지역을 대표하는 거대 정파의 경

우 무림의 안녕과 질서 유지에 막중한 의무감과 책임감이 따르기 마련이므로 당효악으로선 당연한 행동이었다.

마차가 달가당거리며 대로를 따라 나아가기 시작한 가운데 그 안에 자리한 휴경이 나지막이 물었다.

"가주님, 혹 금라무원의 폐문과 관련한 일도 설명하실 참입니까?"

"백림신검재가 꾸몄던 음모 말인가?"

"예. 비록 위태화의 죽음이 안타깝긴 하지만…… 그 아들 위천앙이 꾸민 짓은 용서받기 힘든 일이지 않습니까? 협회에 소속된 수많은 무인들 중 그와 비슷한 부류가 존재할 가능성도 얼마든지 있으니 소상히 알려 권선징악의 교훈을 남겨야 할 것입니다."

그러자 당효악이 잠시 두 눈을 감았다가 뜨더니 고개를 가로저었다.

"조용히 덮어 두라는 검 교두의 조언이 있었지. 물론 나도 그 말에 동의했고. 알다시피 위 문주는 뭇사람의 존경을 받던 고수였어. 안타깝게도 자식의 나쁜 행실을 까맣게 모른 채 새외 무리의 손속에 목숨을 다했지만…… 생전에 백종검야라 불린 그 고절한 명성만큼은 지켜 주고 싶다는 것이 검 교두의 뜻이었다."

"아, 그렇습니까? 흐음…… 뜻밖이군요. 검 교두가 그런 말을 했으리라곤 미처 예상하지 못했습니다. 솔직히 그 일을 널리 알리면 청풍검문의 가치 또한 한층 높일 수 있을 텐데."

"후훗, 어떤가? 동맹 관계를 떠나 진실로 신뢰할 만한 사내이지 않은가?"

당효악이 물음과 함께 조용히 웃자 휴경도 보일 듯 말 듯 한 미소로 고개를 살짝 끄덕였다.

제법 시간이 흐른 후.

예의 마차는 마침내 사천성 정파 협회 본부 앞에 당도했다.

당효악은 수행원 모두 정문 밖에 대기하라고 이른 채 홀로 안으로 발을 들였고, 객당이 아닌 회주 집무실로 바로 안내되어 석대송과 독대하여 새외 북방 무리와 관련한 것을 주제로 이야기를 꺼냈다.

이윽고 찻잔이 식을 무렵 당효악의 모든 설명이 끝났고, 그때까지 무거운 표정으로 가만히 듣고 있던 석대송은 허연 수염을 쓰다듬으며 비로소 입을 열었다.

"허어, 그랬구려. 백류검문을 비롯해 의문의 멸문을 당한 무문들 전부 그들 소행이었다니…… 그동안 본 회는 그것이 사파 무리의 음모라 여겨 조사 중에 있었다오."

"미리 알리지 못해 죄송합니다, 선배님. 물론 우리가 먼

저 연락을 취했다면 경쟁 관계를 떠나 얼마든지 도움을 주
셨을 테지만, 만에 하나 말이 새어 나갈 경우 적이 괜한 경
계심을 품고 종적을 감춘 채 다른 때를 기다릴 우려가 있었
기에 어쩔 수 없이 청풍검문과 일을 진행한 것이었습니다.
아무쪼록 너그러이 헤아려 주십시오."

"허헛. 괜찮소, 당 가주. 개의치 마시오. 그 입장을 십분
이해하는 바요. 여하간 일시에 적을 소탕해 천만다행이구
려."

"이번 혈전의 승리는 사실상 청풍검문의 공입니다. 만약
본 가의 정예 선력만으로 해결하려 들었다면 큰 무리가 따
랐을 것입니다."

직후 석대송이 의미심장한 눈빛으로 물었다.

"한데 무슨 이유로 많고 많은 무문들 중 청풍검문을 굳
이 택하셨소?"

당효악이 은근한 미소로 대답을 대신하자 그것을 본 석
대송이 마주 온화한 웃음기를 머금었다.

"청풍검문의 잠재력을 크게 보았던 것이오?"

"예, 맞습니다. 그리고 검 교두를 비롯한 주요 고수들 무
력을 굳게 믿었기 때문입니다. 그것은 막연한 예감이 아닌
일종의 확신에 가까웠지요. 말로 설명하긴 좀 힘든 부분이
기도 하고……."

"허허허! 다른 사람도 아닌 존자 반열의 초인으로 하여금 그토록 신뢰를 보내게 하다니, 검 교두의 수완이 새삼 감탄스럽소."

"홋. 안 그래도 그를 알게 된 이후로 만남의 자리를 가질 때마다 경악하는 것이 다반사가 되었습니다."

"대충 어떨지 짐작이 가는구려. 예전에 노부도 그곳을 방문했을 때 절감했다오. 그나저나…… 검 교두의 정체가 자못 궁금하외다. 그리고 그 휘하의 신비로운 고수들 또한……."

"죄송하지만 제가 가르쳐 드릴 수 있는 부분이 아니군요. 설사 진실을 안다고 해도 말입니다."

"아니오, 당 가주. 신경 쓰지 마시오. 괜한 호기심에 중얼거려 본 것이외다. 아마 시간이 지나면 자연히 알게 될 날이 오리라 여기고 있소."

"그럼 전 이만 나가 보겠습니다. 아무쪼록 협회에 속한 무문들 앞으로 본 가의 입장을 정리한 공문을 띄워 주시기 바랍니다. 그래서 새외 무림에 대한 경각심을 일깨워 주는 것이 좋을 듯싶습니다."

"음, 동의하오. 오늘 당장 공문을 작성하리다."

"감사합니다."

         *   *   *

등불 하나만이 외로이 빛을 밝힌 석실.

손바닥으로 탁자를 쾅! 내리친 은형살귀의 두 눈이 짙은 살기를 머금었다.

"선전포고문이라고?"

그러자 그 앞에 부복한 하급 살수 한 명이 목을 움츠리며 말을 받았다.

"그, 그렇습니다. 성도 전역에 공문을 붙여 본 맹을 상대로 대놓고 전면전을 예고했습니다. 짐작건대 본 맹의 정보를 가진 모종의 세력을 통해 우리 정체를 파악한 듯싶습니다."

"이런 식으로 먼저 도발해 오다니…… 사천 지부 하나가 능욕을 당했다고 해서 본 맹 전체를 깔보고 있구나! 맹주님께서 이를 알면 절대 용서하시지 않을 것이야!"

말은 그렇게 해도 왠지 모를 불안감이 엄습한다.

'맹주님 무력을 의심하는 것은 아니나…… 천금각과 잔혼각을 동시에 멸한 청풍검문의 그 불가해한 전력은 어쩌면 뜻밖의 변수로 작용할 수 있다. 각별히 주의해야 할 것이야.'

그때.

드르륵, 하는 소리와 함께 석실 문이 열리더니 구대살령 서열 삼 위의 명계숙수가 발을 들였다.

은형살귀는 즉각 자리에서 일어나 예를 갖췄다.

"삼살령, 어서 오십시오."

"몸 상태는 어떤가?"

"칼을 휘두르는 데엔 아무런 무리가 없습니다."

"그것참 다행이군. 나도 이곳으로 오는 길에 소식을 접했다네."

"아, 그러셨군요."

찰나 명계숙수가 깡마른 손으로 턱을 어루만지며 히죽 웃었다.

"걱정할 것 없네."

"예?"

"청풍검문의 무력이 예측 불가하다고 해도 맹주님의 그것엔 미치지 못할 테니까."

은형살귀는 어떤 기이한 예감을 들어 즉각 물었다.

"총부로 가셔서 뭔가 이야기를 들으신 겁니까?"

"자네가 깨우친 그 검술 책자가 과연 누구의 진전인지 비로소 알게 되었지."

"……!"

"놀라지 말게. 바로 상고 무림의 전설이자 전무후무한

업적을 남긴 용문검황 천무외의 진전이라네."

명계숙수의 말에 은형살귀는 순간 말문을 잃었다.

'요…… 용문검황 천무외라니……!'

너무나도 엄청난 명호 앞에 정신마저 아뜩했다.

입꼬리를 씰룩 올린 명계숙수가 거듭 목소리를 이어 나 갔다.

"맹주님께선 그 모든 요체를 깨우치셨네. 후훗. 이제 청 풍검문은 위대한 용문검황이 남긴 진전 아래 멸문의 화를 면치 못할 것이야."

그러더니 신형을 뒤돌려 석문 쪽으로 향하며 나지막이 일렀다.

"상대가 선전포고문을 띄운 이상 맹주님께선 속전속결 로 피의 향연을 베풀려 하실 것이야. 난 이미 상소교란 년 의 목을 딸 준비를 마쳤다네. 그러니 자네도 본 맹의 작전 에 누를 끼치지 않게 몸 상태를 더 끌어 올리도록."

비로소 정신을 가다듬은 은형살귀가 칼자루에 손을 얹으 며 힘차게 대답했다.

"이번 기회에 반드시 설욕을 해 보이겠습니다."

*　　　　*　　　　*

며칠 후, 아침.

청풍검문 문도들 모두 점호를 위해 중앙 마당에 모여 줄을 맞춰 섰다.

마봉이 문뜩 고개를 갸웃거리며 옆의 단선후를 가만히 살폈다.

'뭐지? 이 묘한 기도는……?'

그 시선을 느낀 단선후가 고개를 돌리며 물었다.

"왜 그러지?"

"저기, 단 사형…… 혹시 근래 들어 새로운 깨달음이라도 얻었습니까?"

그때 갑자기 선우경리와 양욱도 말을 보태 왔다.

"어머, 안 그래도 그 말을 꺼낼 참이었는데…… 최근 단 사형의 기도에 묘한 변화가 있어요."

"예, 선우 사매와 마찬가지로 저도 느꼈습니다."

하연설 또한 단선후를 보며 나지막한 목소리를 발했다.

"일련의 내공도 증가한 것 같아. 며칠 전부터 곁에 있으면 뭔가 대단히 정순한 기운 같은 게 은연중 뿜어지듯이……."

네 명의 시선이 일제히 쏘아지자 단선후가 쑥스럽다는 듯한 표정으로 입을 열었다.

"그게 사실은…… 얼마 전 조교님께서 혜광심어를 통해

정체 모를 내공 심법 구결을 가르쳐 주셨습니다. 그것을 익혔더니 며칠 사이에 내공이 놀라울 정도로 증가했지요."

그러자 하연설 등을 비롯한 장내 사람들 모두 아연실색했다.

"뭐, 뭐라고? 개새 조교님이 내공 심법 구결을 가르쳐 줘?"

"예, 하 사저. 거짓말이 아닙니다. 못 믿겠으면 진맥을 해 보아도 괜찮습니다."

그 순간.

문이 벌컥 열리더니 관궁과 개새, 검무영이 차례로 발을 들였다.

"멍, 멍멍."

개새가 곧장 단선후 곁으로 와 짖자 관궁의 안색이 돌변했다.

"뭐가 어째?"

그러더니 두 눈에 불을 켜며 추궁하듯 물었다.

"어이, 너! 개새가 뭘 가르쳐 줬다고?"

"그, 그렇습니다. 모종의 내공 심법 구결을……."

"이 개 놈의 새끼, 도대체 뭔 짓거리를 한 거야? 어!"

"멍, 멍멍, 멍! 멍, 멍멍!"

별안간 관궁이 박장대소하며 발을 마구 굴렀다.

"크하하하하, 크하하하하하! 이런 미친······!"

다들 무슨 영문인지 몰라 어리둥절해하는 가운데 검무영이 불쑥 물었다.

"뭐야?"

"크크크큭! 저 식충이 놈이 가르쳐 준 것 다름 아닌 소림사의 내공 심법 구결이야."

그에 다들 놀란 표정을 지었다.

'에엑? 소림사?'

관궁이 고개를 홱 돌려 단선후의 얼굴을 주시하며.

"야, 네놈이 익힌 그 내공 심법······ 어떤 속성인지 알기나 하냐?"

"예? 그, 글쎄요."

"동자공(童子功)."

삽시에 침묵에 휩싸인 장내.

동자공이란 다름 아닌 이성과의 접촉을 일절 금하여 순수한 양강지기의 속성을 띤 내공을 빠르게 쌓아 나가는 고절한 심법이었다.

내력 증가 효과가 엄청난 대신, 그 힘을 지속시키는 조건은 반드시 동정의 몸을 유지할 것. 즉, 여자를 품는 순간 모든 공력을 소실하게 된다는 뜻이다.

마봉이 소리쳤다.

"단 사형이 고자라니! 고자라니!"

낯빛이 얼음장처럼 굳은 단선후의 뇌리로 거대한 충격이 밀려들었다.

'내, 내가…… 동자공을 익힌 몸이 되다니……!'

마봉은 물론 양욱까지 입을 모아 연신 외친다.

"단 사형이 고자라니! 고자라니! 말도 안 돼! 고자라니! 강제로 고자가 되다니!"

과묵하기 그지없는 단선후이건만, 그가 처음으로 화를 폭발시켰다.

"으아아아아악! 닥쳐!"

찰나 그 머릿속으로 합가령의 얼굴이 스쳐 지나갔다.

첫 인생의 봄, 제대로 시작도 못 하고 끝나게 되었구나. 아아……!

〈다음 권에 계속〉

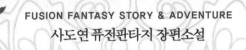

FUSION FANTASY STORY & ADVENTURE

사도연 퓨전판타지 장편소설

신세기전

이전에는 보지 못한 새로운 판타지
눈부신 신의 세계가 눈앞에 펼쳐진다!

사도연이 보여 주는 퓨전 판타지 장편소설!

dream
books
드림북스

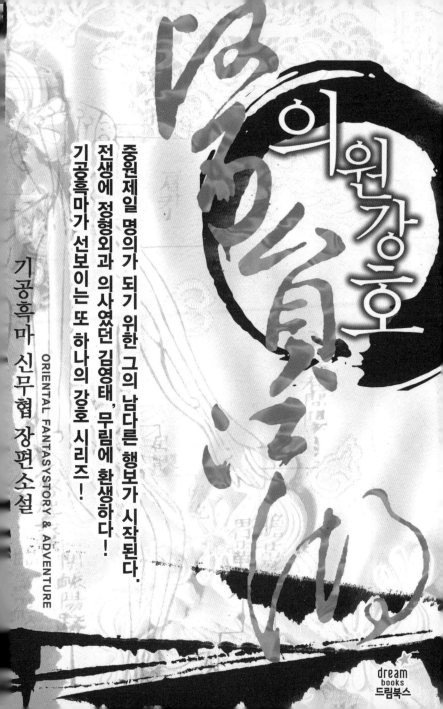

마왕

요도 김남재 신무협 장편소설

ORIENTAL FANTASY STORY & ADVENTURE

「지옥왕」, 「요마전설」의 작가!
요도 김남재 신무협 장편소설

천하를 통일한 마교의 대공자 혁련휘.
오랜 세월 동안 행방불명되어 죽은 줄만 알았던 그가
동생의 복수를 위해 강호 무림에 칼을 겨눈다!

dream books
드림북스